U0767166

刘成信/主编

中国杂文

ZHONGGUO ZAWEN

（百部）卷七

鲁迅集

LUXUN JI

吉林出版集团股份有限公司
全国百佳图书出版单位

图书在版编目（CIP）数据

中国杂文百部．现代部分．第7卷．鲁迅集 / 鲁迅著；刘成信主编．-- 长春 ：吉林出版集团股份有限公司，2014.9
ISBN 978-7-5534-5477-1

Ⅰ．①中… Ⅱ．①鲁… ②刘… Ⅲ．①杂文集－中国－现代 Ⅳ．①I26

中国版本图书馆CIP数据核字（2014）第210971号

鲁迅集
LUXUN JI

出 版 人 吴文阁
作　　者 鲁　迅
主　　编 刘成信
责任编辑 金方建
封面设计 梁文强
开　　本 650 mm × 950 mm 1/16
字　　数 80千字
印　　张 12
版　　次 2015年1月第1版
印　　次 2020年5月第1版第3次印刷
出　　版 吉林出版集团股份有限公司
发　　行 吉林音像出版社有限责任公司
吉林北方卡通漫画有限责任公司
地　　址 长春市泰来街1825号　　邮　编：130062
电　　话 总编办：0431-86012893　　发行科：0431-86012770
印　　刷 三河市华晨印务有限公司
ISBN 978-7-5534-5477-1-02　　定　价：28.50元

《中国杂文》(百部)总序

刘成信

一

人类的文学艺术,源远流长,丰富多彩。随着社会的推进、发展,其分门别类日益精细——从最初的歌曲、舞蹈、神话、故事等逐步演绎出诗、散文、小说、戏曲。直到上个世纪初,科学技术与文学艺术融合,又有了电影、电视剧等。

有一种文学艺术虽然在中国问世两千余年,由于后人未给予"名分",以致到二十世纪初,才从文学艺术谱系中分野出来,这就是古老而年轻的杂文。

人类和自然界大体都遵循适者生存的法则萌芽、生长与消弭。两千多年来,杂文本应与小说、诗、散文、戏剧、音乐、电影等姊妹艺术一道,繁花似锦、根深叶茂。然而,它没有像先贤们渴望的那样,而是纤弱,时生时灭,时有时无,同其他汗牛充栋的文学艺术作品相去甚远。

二

时序到 1915 年,中华文学艺术宝库迎来新曙光,一个精灵出现了——杂文在多灾多难的中华大地,被一些先知先觉的知识分子接受了!

杂文这个新成员一俟来到华夏，其特性便与众不同——首先是符合社会发展规律，它主张顺应历史潮流。它不重复生活，不还原历史，不演绎过去，而最突出展示将来，预期社会走势，判断人间是非。

杂文一俟来到华夏，便告之，它向往和平、民主、科学、自由、平等、人道、富裕及真善美；杂文憎恶专制、昏聩、愚昧、野蛮、特权、贪婪、奴性、虚伪及假恶丑。杂文与其他文学艺术既相通又有自己的特性。

杂文一俟来到华夏，就融于文学大家族，与各种文学艺术形成天然的血肉联系。它不像小说刻画人物，而是粗线条勾勒人与事；它不像诗、散文等那样纤细、抒情，而是明白如话，开诚布公。但杂文能够调动各种姊妹艺术如寓言、故事、说唱、戏曲、元杂剧等“为我所用”。

杂文一俟来到华夏，它就友好地“拿来”社会科学乃至自然科学的多种文化元素。它不是政治学，但只有不迷失政治选择，才能解析身边社会的变数；杂文不是社会学，但只有掌握瞬息万变的时代脉搏，才能适应人间丛林法则；杂文不是历史学，但人总应拨开历史雾障，略知历史长河的走向；杂文不是生理学不是心理学，但它能解剖人性、解读人生、理顺人际关系；杂文不是方法论，但它无处不闪烁思想方法光芒；杂文不是文艺学，但它评价文艺现象既深刻又形象；杂文不是美学，但每篇优秀杂文无不抨击假恶丑，无不向往美、赞扬美……

理解杂文、认识杂文，才能与杂文为友，才懂得杂文的大爱。杂文真的是半部百科全书。

三

杂文打捞历史风尘，知耻近于勇。杂文对于文化批判，社会批判，历史批判，人性批判，世世代代惹来不知多少是非。

嫉妒杂文、讨厌杂文者，甚至欲将杂文从百花园中斩草除根，所以，杂文往往难以长成大树，多少代都不能像其他文学艺术那般枝繁叶茂。有人说杂文偏激，有人说杂文片面，有人说杂文招惹是非，更有人对杂文产生各种各样的误解。以至于把杂文称之为乌鸦，恨不得把一切不祥之物都推到杂文身上。

杂文，曾为作者“惹”下多少祸根，有人曾因杂文葬送自己的大好前途，多少代杂文人曾为自己带来难以洗清的污秽。

然而，实践证明，杂文只能为民众造福，世世代代多少志士仁人，曾为杂文洗刷了一切不实之词，它为人们启蒙越来越受人们欢迎。

四

本书作者共计三百八十位，分当代、现代、历代。

我们试图把1915年《新青年》“随想录”诞生前的杂文划为历代，1915年到1949年划为现代，从1949年到当今划为当代。

1915年“随想录”之前称之为杂文，主要是根据作品性质、特点，而不是按刘勰在《文心雕龙》所谈的“杂文”。

当代作家选五十位，每人一部杂文，五十篇左右。另有合集十部，每部二十几位作家，共二百多位作家，四百多篇作品；现代作家二十位，每位五十篇杂文，七万多字，另有四十多位杂文作家，十部合集；最后选七十多位历代杂文作家，均为合集，每篇作品都有注解、题解、古文今译。

当代五十位杂文作家大体是根据五点遴选的。

一、杂文创作时间超过二十年；二、曾创作有影响的杂文作品在三十篇以上；三、曾创作经典性杂文作品；四、作品强调思想倾向的同时，艺术性也不为之忽视；五、曾在国内组织带领作家创作杂文卓有成就者。

二十多年来，我曾在助手们协助下选编各种版本杂文集五十余部，选编如此大型杂文丛书，对我是一种尝试，深知其难度。这部《中国杂文》(百部)整整花费我四年时间。杂文作品浩如烟海，读数百册杂文集、数百万篇杂文作品，难免挂一漏万，特别是这部大型丛书在国内尚无参照系，错讹在所难免，恭请诸位指正。

选编者 2012 年 11 月 10 日

于长春杂文选刊杂志社

目录

随感录五则

二十五

我一直从前曾见严又陵在一本什么书上发过议论，书名和原文都忘记了。大意是："在北京道上，看见许多孩子，辗转于车轮马足之间，很怕把他们碰死了，又想起他们将来怎样得了，很是害怕。"其实别的地方，也都如此，不过车马多少不同罢了。现在到了北京，这情形还未改变，我也时时发起这样的忧虑；一面又佩服严又陵究竟是"做"过赫胥黎《天演论》的，的确与众不同：是一个十九世纪末年中国感觉锐敏的人。

穷人的孩子蓬头垢面地在街上转，阔人的孩子妖形妖势娇声娇气地在家里转。转得大了，都昏天黑地地在社会上转，同他们的父亲一样，或者还不如。

所以看十来岁的孩子，便可以逆料二十年后中国的情形；看二十多岁的青年，——他们大抵有了孩子，尊为爹爹了，——便可以推测他儿子孙子，晓得五十年后七十年后中国的情形。

中国的孩子，只要生，不管他好不好，只要多，不管他才不才。生他的人，不负教他的责任。虽然“人口众多”这一句话，很可以闭了眼睛自负，然而这许多人口，便只在尘土中辗转，小的时候，不把他当人，大了以后，也做不了人。

中国娶妻早是福气，儿子多也是福气。所有小孩，只是他父母福气的材料，并非将来的“人”的萌芽，所以随便辗转，没人管他，因为无论如何，数目和材料的资格，总还存在。即使偶尔送进学堂，然而社会和家庭的习惯，尊长和伴侣的脾气，却多与教育反背，仍然使他与新时代不合。大了以后，幸而生存，也不过“仍旧贯如之何”，照例是制造孩子的家伙，不是“人”的父亲，他生了孩子，便仍然不是“人”的萌芽。

最看不起女人的奥国人华宁该尔（Otto Weininger）曾把女人分成两大类：一是“母妇”，一是“娼妇”。照这分法，男人便也可以分作“父男”和“嫖男”两类了。但这父男一类，却又可以分成两种：其一是孩子之父，其一是“人”之父。第一种只会生，不会教，还带点嫖男的气息。第二种是生了孩子。还要想怎样教育，才能使这生下来的孩子，将来成一个完全的人。

前清末年，某省初开师范学堂的时候，有一位老先生听了，很为诧异，便发愤说："师何以还须受教，如此看来，还该有父范学堂了！"这位老先生，便以为父的资格，只要能生。能生这件事，自然便会，何须受教呢。却不知中国现在，正须父范学堂；这位先生便须编入初等第一年级。

因为我们中国所多的是孩子之父；所以以后是只要"人"之父！

一九一八年

四十一

从一封匿名信里看见一句话，是"数麻石片"(原注江苏方言)，大约是没有本领便不必提倡改革，不如去数石片的好的意思。因此又记起了本志通信栏内所载四川方言的"洗煤炭"。想来别省方言中，相类的话还多；守着这专劝人自暴自弃的格言的人，也怕并不少。

凡中国人说一句话，做一件事，倘与传来的积习有若干抵触，须一个斤斗便告成功，才有立足的处所；而且被恭维得烙铁一般热。否则免不了标新立异的罪名，不许说话；或者竟成了大逆不道，为天地所不容。这一种人，从前本可以夷到九族，连累邻居；现在却不过几封匿名信罢了。

但意志略略薄弱的人便不免因此萎缩，不知不觉地也入了“数麻石片”党。

所以现在的中国，社会上毫无改革，学术上没有发明，美术上也没有创作；至于多人继续的研究，前仆后继的探险，那更不必提了。国人的事业，大抵是专谋时式的成功的经营，以及对于一切的冷笑。

但冷笑的人，虽然反对改革，却又未必有保守的能力：即如文字一面，白话固然看不上眼，古文也不甚提得起笔。照他的学说，本该去“数麻石片”了；他却又不然，只是莫名其妙地冷笑。

中国的人，大抵在如此空气里成功，在如此空气里萎缩腐败，以至老死。

我想，人猿同源的学说，大约可以毫无疑义了。但我不懂，何以从前的古猴子，不都努力变人，却到现在还留着子孙，变把戏给人看。还是那时竟没有一匹想站起来学说人话呢？还是虽然有了几匹，却终被猴子社会攻击他标新立异，都咬死了；所以终于不能进化呢？

尼采式的超人，虽然太觉渺茫，但就世界现有人种的事实看来，却可以确信将来总有尤为高尚尤近圆满的人类出现。到那时候，类人猿上面，怕要添出“类猿人”这一个名词。

所以我时常害怕，愿中国青年都摆脱冷气，只是向上走，不必听自暴自弃者流的话。能做事的做事，能发声的发声。有一分热，发一分光，就令萤火一般，也可以在黑暗里发一点光，不必等候炬火。

此后如竟没有炬火：我便是唯一的光。倘若有了炬火，出了太阳，我们自然心悦诚服地消失，不但毫无不平，而且还要随喜赞美这炬火或太阳；因为他照了人类，连我都在内。

我又愿中国青年都只是向上走，不必理会这冷笑和暗箭。

尼采说：

“真的，人是一个浊流。应该是海了，能容这浊流使他干净。咄，我教你们超人：这便是海，在他这里，能容下你们的大侮蔑。”

（《札拉图如是说》的《序言》第三节）

纵令不过一洼浅水，也可以学学大海；横竖都是水，可以相通。几粒石子，任他们暗地里掷来；几滴秽水，任他们从背后泼来就是了。

这还算不到“大侮蔑”——因为大侮蔑也须有胆力。

一九一九年

五十七　现在的屠杀者

高雅的人说，“白话鄙俚浅陋，不值识者一

哂之者也。”

中国不识字的人，单会讲话，“鄙俚浅陋”，不必说了。“因为自己不通，所以提倡白话，以自文其陋”如我辈的人，正是“鄙俚浅陋”，也不在话下了。最可叹的是几位雅人，也还不能如《镜花缘》里说的君子国的酒保一般，满口“酒要一壶乎，两壶乎，菜要一碟乎，两碟乎”的终日高雅，却只能在呻吟古文时，显出高古品格；一到讲话，便依然是“鄙俚浅陋”的白话了。四万万中国人嘴里发出来的声音，竟至总共“不值一哂”，真是可怜煞人。

做了人类想成仙；生在地上要上天；明明是现代人，吸着现在的空气，却偏要勒派朽腐的名教，僵死的语言，侮蔑尽现在，这都是“现在的屠杀者”。杀了“现在”，也便杀了“将来”。——将来是子孙的时代。

一九一九年

五十九 “圣武”

我前回已经说过“什么主义都与中国无干”的话了；今天忽然又有些意见，便再写在下面：

我想，我们中国本不是发生新主义的地方，也没有容纳新主义的处所，即使偶然有些外来思想，也立刻变了颜色，而且许多论者反要以此自豪。我们只要留心译本上的序跋，以及各样对于外国事情的批评议论，便能发见我们和别人的思想中间，的确还隔着几重铁壁。他们是说家庭问题的，我们却以为他鼓吹打仗；他们是写社会缺点的，我们却说他讲笑话；他们以为好的，我们说来却是坏的。若再留心看看别国的国民性格，国民文学，再翻一本文人的评传，便更能明白别国著作里写出的性情，作者的思想，几乎全不是中国所有。所以不会了解，不会同情，不会感应；甚至彼我间的是非爱憎，也免不了得到一个相反的结果。

新主义宣传者是放火人么，也须别人有精神的燃料，才会着火；是弹琴人么，别人的心上也须有弦索，才会出声；是发声器么，别人也必须是发声器，才会共鸣。中国人都有些不很像，所以不会相干。

几位读者怕要生气，说，“中国时常有将性命去殉他主义的人，中华民国以来，也因为主义上死了多少烈士，你何以一笔抹杀？吓！”这话也是真的。我们从旧的外来思想说吧，六朝的确有许多焚身的和尚，唐朝也有过砍下臂膊布施无赖的和尚；从新的说吧，自然也有过几个人的。然而与中国历史，仍不相干。因为历史结账，不能像数学一般精密，写下许多小数，却只能学粗人算账的四舍五入法门，记一笔整数。

中国历史的整数里面，实在没有什么思想主义在内。这整数只是两种物质，——是刀与火，“来了”便是他的总名。

火从北来便逃向南，刀从前来便退向后，一大堆流水账簿，只有这一个模型。倘嫌“来了”的名称不很庄严，“刀与火”也触目，我们也可以别想花样，奉献一个谥法，称作“圣武”，便好看了。

古时候，秦始皇帝很阔气，刘邦和项羽都看见了；邦说，“嗟乎！大丈夫当如此也！”羽说，“彼可取而代也！”羽要“取”什么呢？便是取邦所说的“如此”。“如此”的程度，虽有不同，可是谁也想取；被取的是“彼”，取的是“丈夫”。所有“彼”与“丈夫”的心中，便都是这“圣武”的产生所，受纳所。

何谓“如此”？说起来话长；简单地说，便只是纯粹兽性方面的欲望的满足——威福，子女，玉帛，——罢了。然而在一切大小丈夫，却要算最高理想（?）了。我怕现在的人，还被这理想支配着。

大丈夫“如此”之后，欲望没有衰，身体却疲敝了；而且觉得暗中有一个黑影——死——到了身边了。于是无法，只好求神仙。这在中国，也要算最高理想了。我怕现在的人，也还被这理想支配着。

求了一通神仙，终于没有见，忽然有些疑惑了。于是要造坟，来保存死尸，想用自己的尸体，永远占据着一块地面。

这在中国，也要算一种没奈何的最高理想了。我怕现在的人，也还被这理想支配着。

现在的外来思想，无论如何，总不免有些自由平等的气息，互助共存的气息，在我们这单有“我”，单想“取彼”，单要由我喝尽了一切空间时间的酒的思想界上，实没有插足的余地。

因此，只须防那“来了”便够了。看看别国，抗拒这“来了”的便是有主义的人民。他们因为所信的主义，牺牲了别的一切，用骨肉碰钝了锋刃，血液浇灭了烟焰。在刀光火色衰微中，看出一种薄明的天色，便是新世纪的曙光。

曙光在头上，不抬起头，便永远只能看见物质的闪光。

一九一九年

六十一　不满

欧战才了的时候，中国很抱着许多希望，因

此现在也发出许多悲观绝望的声音，说“世界上没有人道”“人道这句话是骗人的”。有几位评论家，还引用了他们外国论者自己责备自己的文字，来证明所谓文明人者，比野蛮尤其野蛮。

这诚然是痛快淋漓的话，但要问：照我们的意见，怎样才算有人道呢？那答话，想来大约是“收回治外法权，收回租界，退还庚子赔款……”现在都很渺茫，实在不合人道。

但又要问：我们中国的人道怎么样？那答话，想来只能“……”。对于人道只能“……”的人的头上，决不会掉下人道来。因为人道是要各人竭力挣来，培植，保养的，不是别人布施，捐助的。

其实近于真正的人道，说的人还不很多，并且说了还要犯罪。若论皮毛，却总算略有进步了。这回虽然是一场恶战，也居然没有“食肉寝皮”，没有“夷其社稷”，而且新兴了十八个小国。就是德国对待比国，都说残暴绝伦，但看比国的公布，也只是囚徒不给饮食，村长挨了打骂，平民送上战线之类。这些事情，在我们中国自己对自己也常有，算得什么希奇？

人类尚未长成，人道自然也尚未长成，但总在那里发荣滋长。我们如果问问良心，觉得一样滋长，便什么都不必忧愁；将来总要走同一的路。看吧，他们是战胜军国主义的，他们的评论家还是自己责备自己，有许多不满。不满是向上的车轮，能够载着不自满的人类，向人道前进。

多有不自满的人的种族，永远前进，永远有希望。

多有只知责人不知反省的人的种族，祸哉祸哉！

一九一九年十一月一日

【选自鲁迅著《热风》北新书店一九二五年版】

娜拉走后怎样

——一九二三年十二月二十六日在北京女子高等师范学校文艺会讲

我今天要讲的是“娜拉走后怎样?”

伊孛生是十九世纪后半的挪威的一个文人。他的著作，除了几十首诗之外，其余都是剧本。这些剧本里面，有一时期是大抵含有社会问题的，世间也称作“社会剧”，其中有一篇就是《娜拉》。

《娜拉》一名 Ein Puppenheim，中国译作《傀儡家庭》。但 Puppe 不单是牵线的傀儡，孩子抱着玩的人形也是；引申开去，别人怎么指挥，他便怎么做的人也是。娜拉当初是满足地生活在所谓幸福的家庭里的，但是她竟觉悟了：自己是丈夫的傀儡，孩子们又是她的傀儡。她于是走了，只听得关门声，接着就是闭幕。这想来大家都知道，不必细说了。

娜拉要怎样才不走呢?或者说伊孛生自己有解答，就是 Die Frau vom Meer，《海的女人》，中国有人译作《海的夫人》的。这女人是已经结婚的了，然而先前有一个爱人在海的彼岸，一日突然寻来，叫她一同去。她便告知她的丈夫，要和那外来人会面。临末，她的丈夫说，“现在放你完全自由。（走与不走）你能够自己选择，并且还要自己负责任。”于是什么事全都改变，她就不走了。这样看来，娜拉倘也得到这样的自由，或者也便可以安住。

但娜拉毕竟是走了的。走了以后怎样？伊孛生并无解答；而且他已经死了。即使不死，他也不负解答的责任。因为伊孛生是在作诗，不是为社会提出问题来而且代为解答。就如黄莺一样，因为他自己要歌唱，所以他歌唱，不是要唱给人们听得有趣，有益。伊孛生是很不通世故的，相传在许多妇女们一同招待他的筵宴上，代表者起来致谢他作了《傀儡家庭》，将女性的自觉、解放这些事、给人心以新的启示的时候，他却答道，“我写那篇却并不是这意思，我不过是作诗。”

娜拉走后怎样？——别人可是也发表过意见的。一个英国人曾作一篇戏剧，说一个新式的女子走出家庭，再也没有路走，终于堕落，进了妓院了。还有一个中国人，——我称他什么呢？上海的文学家吧，——说他所见的《娜拉》是和现译本不同，娜拉终于回来了。这样的本子可惜没有第二人看见，除非是伊孛生自己寄给他的。但从事理上推想起来，娜拉或者也实在只有两条路：

不是堕落，就是回来。因为如果是一匹小鸟，则笼子里固然不自由，而一出笼门，外面便又有鹰，有猫，以及别的什么东西之类；倘使已经关得麻痹了翅子，忘却了飞翔，也诚然是无路可以走。还有一条，就是饿死了，但饿死已经离开了生活，更无所谓问题，所以也不是什么路。

人生最苦痛的是梦醒了无路可以走。做梦的人是幸福的；倘没有看出可走的路，最要紧的是不要去惊醒他。你看，唐朝的诗人李贺，不是困顿了一世的么？而他临死的时候，却对他的母亲说，“阿妈，上帝造成了白玉楼，叫我做文章落成去了。”这岂非明明是一个诳，一个梦？然而一个小的和一个老的，一个死的和一个活的，死的高兴地死去，活的放心地活着。说诳和做梦，在这些时候便见得伟大。所以我想，假使寻不出路，我们所要的倒是梦。

但是，万不可做将来的梦。阿尔志跋绥夫曾经借了他所做的小说，质问过梦想将来的黄金世界的理想家，因为要造那世界，先唤起许多人们来受苦。他说，“你们将黄金世界预约给他们的子孙了，可是有什么给他们自己呢？”有是有的，就是将来的希望。但代价也太大了，为了这希望，要使人练敏了感觉来更深切地感到自己的苦痛，叫起灵魂来目睹他自己的腐烂的尸骸。唯有说诳和做梦，这些时候便见得伟大。所以我想，假使寻不出路，我们所要的就是梦；但不要将来的梦，只要目前的梦。

然而娜拉既然醒了，是很不容易回到梦境的，因此只得走；可是走了以后，有时却也免不掉堕落或回来。否则，就得问：她除了觉醒的心以外，还带了什么去？倘只有一条像诸君一样的紫红的绒绳的围巾，那可是无论宽到二尺或三尺，也完全是不中用。她还须更富有，提包里有准备，直白地说，就是要有钱。

梦是好的；否则，钱是要紧的。

钱这个字很难听，或者要被高尚的君子们所非笑，但我总觉得人们的议论是不但昨天和今天，即使饭前和饭后，也往往有些差别。凡承认饭需钱买，而以说钱为卑鄙者，倘能按一按他的胃，那里面怕总还有鱼肉没有消化完，须得饿他一天之后，再来听他发议论。

所以为娜拉计，钱，——高雅的说吧，就是经济，是最要紧的了。自由固不是钱所能买到的，但能够为钱而卖掉。人类有一个大缺点，就是常常要饥饿。为补救这缺点起见，为准备不做傀儡起见，在目下的社会里，经济权就见得最要紧了。第一，在家应该先获得男女平均的分配；第二，在社会应该获得男女相等的势力。可惜我不知道这权柄如何取得，单知道仍然要战斗；或者也许比要求参政权更要用剧烈的战斗。

要求经济权固然是很平凡的事，然而也许比要求高尚的参政权以及博大的女子解放之类更烦难。天下事尽有小作为比大作为更烦难的。譬如现在似的冬天，我们只有这一件棉袄，然而必须救助一个将要冻死的苦人，否则便须坐在菩提树下冥想普度一切人类的方法去。普度一切人类和救活一人，大小实在相去太远了，然而倘叫我挑选，我就立刻到菩提树下去坐着，因为免得脱下唯一的棉袄来冻杀自己。所以在家里说要参政权，是不至于大遭反对的，一说到经济的平匀分配，或不免面前就遇见敌人，这就当然要有剧烈的战斗。

战斗不算好事情，我们也不能责成人人都是战士，那么，平和的方法也就可贵了，这就是将来利用了亲权来解放自己的子女。中国的亲权是无上的，那时候，就可以将财产平匀地分配子女们，使他们平和而没有冲突地都得到相等的经济权，此后或者去读书，或者去生发，或者为自己去享用，或者为社会去做事，或者去花完，都请便，自己负责任。这虽然也是颇远的梦，可是比黄金世界的梦近得不少了。但第一需要记性。记性不佳，是有益于己而有害于子孙的。人们因为能忘却，所以自己能渐渐地脱离了受过的苦痛，也因为能忘却，所以往往照样地再犯前人的错误。被虐待的儿媳做了婆婆，仍然虐待儿媳；嫌恶学生的官吏，每是先前痛骂官吏的学生；现在压迫子女的，有时也就是十年前的家庭革命者。这也许与年龄和地位都有关系吧，但记性不佳也是一个很大的原因。救济法就是各人去买一本 notebook 来，将自己现在的思想举动都记上，作为将来年龄和地位都改变了之后的参考。假如憎恶孩子要到公园去的时候，取来一翻，看见上面有一条道，“我想到中央公园去”，那就即刻心平气和了。别的事也一样。

世间有一种无赖精神，那要义就是韧性。听说拳匪乱后，天津的青皮，就是所谓无赖者很跋扈，譬如给人搬一件行李，他就要两元，对他说这行李小，他说要两元，对他说道路近，他说要两元，对他说不要搬了，他说也仍然要两元。青皮固然是不足为法的，而那韧性却大可以佩服。要求经济权也一样，有人说这事情太陈腐了，就答道要经济权；说是太卑鄙了，就答道要经济权；说是经济制度就要改变了，用不着再操心，也仍然答道要经济权。

其实，在现在，一个娜拉的出走，或者也许不至于感到困难的，因为这人物很特别，举动也新鲜，能得到若干人们的同情，帮助着生活。生活在人们的同情之下，已经是不自由了，然而倘有一百个娜拉出走，便连同情也减少，有一千一万个出走，就得到厌恶了，断不如自己握着经济权之为可靠。

在经济方面得到自由，就不是傀儡了么？也还是傀儡。无非被人所牵的事可以减少，而自己能牵的傀儡可以增多罢了。因为在现在的社会里，不但女人常做男人的傀儡，就是男人和男人，女人和女人，也相互地做傀儡，男人也常做女人的傀儡，这决不是几个女人取得经济权所能救的。但人不能饿着静候理想世界的到来，至少也得留一点残喘，正如涸辙之鲋，急谋升斗之水一样，就要这较为切近的经济权，一面再想别的法。

如果经济制度竟改革了，那上文当然完全是废话。

然而上文，是又将娜拉当作一个普通的人物而说的，假使她很特别，自己情愿闯出去做牺牲，那就又另是一回事。我们无权去劝诱人做牺牲，也无权去阻止人做牺牲。况且世上也尽有乐于牺牲，乐于受苦的人物。欧洲有一个传说，耶稣去钉十字架时，休息在 Ahasvar 的檐下，Ahasvar 不准他，于是被了咒诅，使他永世不得休息，直到末日裁判的时候。Ahasvar 从此就歇不下，只是走，现在还在走。走是苦的，安息是乐的，他何以不安息呢？虽说背着咒诅，可是大约总该是觉得走比安息还适意，所以始终狂走的吧。

只是这牺牲的适意是属于自己的，与志士们之所谓为社会者无涉。群众，——尤其是中国的，——永远是戏剧的看客。牺牲上场，如果显得慷慨，他们就看了悲壮剧；如果显得觳觫，他们就看了滑稽剧。北京的羊肉铺前常有几个人张着嘴看剥羊，仿佛颇愉快，人的牺牲能给与他们的益处，也不过如此。而况事后走不几步，他们并这一点愉快也就忘却了。

对于这样的群众没有法，只好使他们无戏可看倒是疗救，正无需乎震骇一时的牺牲，不如深沉的韧性的战斗。

可惜中国太难改变了，即使搬动一张桌子，改装一个火炉，几乎也要血；而且即使有了血，也未必一定能搬动，能改装。不是很大的鞭子打在背上，中国自己是不肯动弹的。我想这鞭子总要来，好坏是别一问题，然而总要打到的。但是从哪里来，怎么地来，我也是不能确切地知道。

我这讲演也就此完结了。

【选自鲁迅著《坟》未名社一九二七年版】

未有天才之前

——一九二四年一月十七日在北京师范大学附属中学校友会讲

我自己觉得我的讲话不能使诸君有益或者有趣，因为我实在不知道什么事，但推托拖延得太长久了，所以终于不能不到这里来说几句。

我看现在许多人对于文艺界的要求的呼声之中，要求天才的产生也可以算是很盛大的了，这显然可以反证两件事：一是中国现在没有一个天才，二是大家对于现在的艺术的厌薄。天才究竟有没有？也许有着吧，然而我们和别人都没有见。倘使据了见闻，就可以说没有；不但天才，还有使天才得以生长的民众。

天才并不是自生自长在深林荒野里的怪物，是由可以使天才生长的民众产生，长育出来的，所以没有这种民众，就没有天才。有一回拿破仑过 Alps 山，说，“我比 Alps 山还要高！”这何等英伟，然而不要忘记他后面跟着许多兵；倘没有兵，那只有被山那面的敌人捉住或者赶回，他的举动，言语，都离了英雄的界限，要归入疯子一类了。所以我想，在要求天才的产生之前，应该先要求可以使天才生长的民众。——譬如想有乔木，想看好花，一定要有好土；没有土，便没有花木了；所以土实在较花木还重要。花木非有土不可，正同拿破仑非有好兵不可一样。

然而现在社会上的论调和趋势，一面固然要求天才，一面却要他灭亡，连预备的土也想扫尽。举出几样来说：

其一就是“整理国故”。自从新思潮来到中国以后，其实何尝有力，而一群老头子，还有少年，却已丧魂失魄地来讲国故了，他们说，“中国自有许多好东西，都不整理保存，倒去求新，正如放弃祖宗遗产一样不肖。”抬出祖宗来说法，那自然是极威严的，然而我总不信在旧马褂未曾洗净叠好之前，便不能做一件新马褂。就现状而言，做事本来还随各人的自便，老先生要整埋国故，当然不妨去埋在南窗下读死书，至于青年，却自有他们的活学问和新艺术，各干各事，也还没有大妨害的，但若拿了这面旗子来号召，那就是要中国永远与世界隔绝了。倘以为大家非此不可，那更是荒谬绝伦！我们和古董商人谈天，他自然总称赞他的古董如何好，然而他决不痛骂画家、农夫、工匠等类，说是忘记了祖宗：他实在比许多国学家聪明得远。

其一是“崇拜创作”。从表面上看来，似乎这和要求天才的步调很相合，其实不然。那精神中，很含有排斥外来思想、异域情调的分子，所以也就是可以使中国和世界潮流隔绝的。许多人对于托尔斯泰、都介涅夫、陀思妥夫斯奇的名字，已经厌听了，然而他们的著作，有什么译到中国来?眼光囚在一国里，听谈彼得和约翰就生厌，定须张三李四才行，于是创作家出来了，从实说，好的也离不了刺取点外国作品的技术和神情，文笔或者漂亮，思想往往赶不上翻译品，甚者还要加上些传统思想，使他适合于中国人的老脾气，而读者却已为他所牢笼了，于是眼界便渐渐地狭小，几乎要缩进旧圈套里去。作者和读者互相为因果，排斥异流，抬上国粹，哪里会有天才产生？即使产生了，也是活不下去的。

这样的风气的民众是灰尘，不是泥土，在他这里长不出好花和乔木来!

还有一样是恶意的批评。大家的要求批评家的出现，也由来已久了，到目下就出了许多批评家。可惜他们之中很有不少是不平家，不像批评家，作品才到面前，便恨恨地磨墨，立刻写出很高明的结论道，“唉，幼稚得很。中国要天才!”到后来，连并非批评家也这样叫喊了，他是听来的。其实即使天才，在生下来的时候的第一声啼哭，也和平常的儿童的一样，决不会就是一首好诗。因为幼稚，当头加以戕贼，也可以萎死的。我亲见几个作者，都被他们骂得寒噤了。那些作者大约自然不是天才，然而我的希望是便是常人也留着。

恶意的批评家在嫩苗的地上驰马，那当然是十分快意的事；然而遭殃的是嫩苗——平常的苗和天才的苗。幼稚对于老成，有如孩子对于老人，决没有什么耻辱；作品也一样，起初幼稚，不算耻辱的。因为倘不遭了戕贼，他就会生长，成熟，老成；独有老衰和腐败，倒是无药可救的事！我以为幼稚的人，或者老大的人，如有幼稚的心，就说幼稚的话，只为自己要说而说，说出之后，至多到印出之后，自己的事就完了，对于无论打着什么旗子的批评，都可以置之不理的！

就是在座的诸君，料来也十之九愿有天才的产生吧，然而情形是这样，不但产生天才难，单是有培养天才的泥土也难。我想，天才大半是天赋的；独有这培养天才的泥土，似乎大家都可以做。做土的功效，比要求天才还切近；否则，纵有成千成百的天才，也因为没有泥土，不能发达，要像一碟子绿豆芽。

做土要扩大了精神，就是收纳新潮，脱离旧套，能够容纳，了解那将来产生的天才；又要不怕做小事业，就是能创作的自然是创作，否则翻译、介绍、欣赏、读、看、消闲都可以。以文艺来消闲，说来似乎有些可笑，但究竟较胜于戕贼他。

泥土和天才比，当然是不足齿数的，然而不是坚苦卓绝者，也怕不容易做；不过事在人为，比空等天赋的天才有把握。这一点，是泥土的伟大的地方，也是反有大希望的地方。而且也有报酬，譬如好花从泥土里出来，看的人固然欣然地赏鉴，泥土也可以欣然地赏鉴，正不必花卉自身，这才心旷神怡的——假如当作泥土也有灵魂的说。

【选自鲁迅著《坟》未名社一九二七年版】

再论雷峰塔的倒掉

从崇轩先生的通信（二月份《京报副刊》）里，知道他在轮船上听到两个旅客谈话，说是杭州雷峰塔之所以倒掉，是因为乡下人迷信那塔砖放在自己的家中，凡事都必平安，如意，逢凶化吉，于是这个也挖，那个也挖，挖之久久，便倒了。一个旅客并且再三叹息道：西湖十景这可缺了呵！

这消息，可又使我有点畅快了，虽然明知道幸灾乐祸，不像一个绅士，但本来不是绅士的，也没有法子来装潢。

我们中国的许多人，——我在此特别郑重声明：并不包括四万万同胞全部！——大抵患有一种“十景病”，至少是“八景病”，沉重起来的时候大概在清朝。凡看一部县志，这一县往往有十景或八景，如“远村明月”“萧寺清钟”“古池好水”之类。而且，“十”字形的病菌，似乎已经侵入血管，流布全身，其势力早不在“！”形惊叹亡国病菌之下了。点心有十样锦，菜有十碗，音乐有十番，阎罗有十殿，药有十全大补，猜拳有全福手福手全，连人的劣迹或罪状，宣布起来也大抵是十条，仿佛犯了九条的时候总不肯歇手。现在西湖十景可缺了呵！“凡为天下国家有九经”，九经固古已有之，而九景却颇不习见，所以正是对于十景病的一个针砭，至少也可以使患者感到一种不平常，知道自己的可爱的老病，忽而跑掉了十分之一了。

但仍有悲哀在里面。

其实，这一种势所必至的破坏，也还是徒然的，畅快不过是无聊的自欺。雅人和信士和传统大家，定要苦心孤诣巧语花言地再来补足了十景而后已。

无破坏即无新建设，大致是的；但有破坏却未必即有新建设。卢梭，斯谛纳尔，尼采，托尔斯泰，伊孛生等辈，若用勃兰兑斯的话来说，乃是“轨道破坏者”。其实他们不单是破坏，而且是扫除，是大呼猛进，将碍脚的旧轨道不论整条或碎片，一扫而空，并非想挖一块废铁古砖挟回家去，预备卖给旧货店。中国很少这一类人，即使有之，也会被大众的唾沫淹死。孔丘先生确是伟大，生在巫鬼势力如此旺盛的时代，偏不肯随俗谈鬼神；但可惜太聪明了，“祭如在祭神如神在”，只用他修春秋的照例手段以两个“如”字略寓“俏皮刻薄”之意，使人一时莫名其妙，看不出他肚皮里的反对来。他肯对子路赌咒，却不肯对鬼神宣战，因为一宣战就不和平，易犯骂人——虽然不过骂鬼——之罪，即不免有《衡论》（见一月份《晨报副镌》）作家TY先生似的好人，会替鬼神来奚落他道：为名乎？骂人不能得名。为利乎？骂人不能得利。想引诱女人乎？又不能将蚩尤的脸子印在文章上。何乐而为之也欤？

孔丘先生是深通世故的老先生，大约除脸子付印问题以外，还有深心，犯不上来做明目张胆的破坏者，所以只是不谈，而决不骂，于是乎俨然成为中国的圣人，道大，无所不包故也。否则，现在供在圣庙里的，也许不姓孔。

不过在戏台上罢了，悲剧将人生的有价值的东西毁灭给人看，喜剧将那无价值的撕破给人看。讥讽又不过是喜剧的变简的一支流。但悲壮滑稽，却都是十景病的仇敌，因为都有破坏性，虽然所破坏的方面各不同。中国如十景病尚存，则不但卢梭他们似的疯子决不产生，并且也决不产生一个悲剧作家或喜剧作家或讽刺诗人。所有的，只是喜剧底人物或非喜剧非悲剧的人物，在互相模造的十景中生存，一面各各带了十景病。

然而十全停滞的生活，世界上是很不多见的事，于是破坏者到了，但并非自己的先觉的破坏者，却是狂暴的强盗，或外来的蛮夷。玁狁早到过中原，五胡来过了，蒙古也来过了；同胞张献忠杀人如草，而满州兵的一箭，就钻进树丛中死掉了。有人论中国说，倘使没有带着新鲜的血液的野蛮的侵入，真不知自身会腐败到如何！这当然是极刻毒的恶谑，但我们一翻历史，怕不免要有汗流浃背的时候吧。外寇来了，暂一震动，终于请他做主子，在他的刀斧下修补老例；内寇来了，也暂一震动，终于请他做主子，或者别拜一个主子，在自己的瓦砾中修补老例。再来翻县志，就看见每一次兵燹之后，所添上的是许多烈妇烈女的氏名。看近来的兵祸，怕又要大举表扬节烈了罢。许多男人们都哪里去了？

凡这一种寇盗式的破坏，结果只能留下一片瓦砾，与建设无关。

但当太平时候，就是正在修补老例，并无寇盗时候，即国中暂时没有破坏么？也不然的，其时有奴才式的破坏作用常川活动着。

雷峰塔砖的挖去，不过是极近的一条小小的例。龙门的石佛，大半肢体不全，图书馆中的书籍，插图须谨防撕去，凡公物或无主的东西，倘难于移动，能够完全的即很不多。但其毁坏的原因，则非如革除者的志在扫除，也非如寇盗的志在掠夺或单是破坏，仅因目前极小的自利，也肯对于完整的大物暗暗地加一个创伤。人数既多，创伤自然极大，而倒败之后，却难于知道加害的究竟是谁。正如雷峰塔倒掉以后，我们单知道由于乡下人的迷信。共有的塔失去了，乡下人的所得，却不过一块砖，这砖，将来又将为别一自利者所藏，终究至于灭尽。倘在民康物阜时候，因为十景病的发作，新的雷峰塔也会再造的吧。但将来的运命，不也就可以推想而知么？如果乡下人还是这样的乡下人，老例还是这样的老例。

这一种奴才式的破坏，结果也只能留下一片瓦砾，与建设无关。

岂但乡下人之于雷峰塔，日日偷挖中华民国的柱石的奴才们，现在正不知有多少！

瓦砾场上还不足悲，在瓦砾场上修补老例是可悲的。我们要革新的破坏者，因为他内心有理想的光。我们应该知道他和寇盗奴才的分别；应该留心自己堕入后两种。这区别并不烦难，只要观人，省己，凡言动中，思想中，含有借此据为己有的朕兆者是寇盗，含有借此占些目前的小便宜的朕兆者是奴才，无论在前面打着的是怎样鲜明好看的旗子。

一九二五年二月六日

【选自鲁迅著《坟》未名社一九二七年版】

战士和苍蝇

Schopenhauer 说过这样的话：要估定人的伟大，则精神上的大和体格上的大，那法则完全相反。后者距离愈远即愈小，前者却见得愈大。

正因为近则愈小，而且愈看见缺点和创伤，所以他就和我们一样，不是神道，不是妖怪，不是异兽。他仍然是人，不过如此。但也唯其如此，所以他是伟大的人。

战士战死了的时候，苍蝇们所首先发见的是他的缺点和伤痕，嘬着，营营地叫着，以为得意，以为比死了的战士更英雄。但是战士已经战死了，不再来挥去他们。于是乎苍蝇们即更其营营地叫，自以为倒是不朽的声音，因为它们的完全，远在战士之上。

的确的，谁也没有发见过苍蝇们的缺点和创伤。

然而，有缺点的战士终竟是战士，完美的苍蝇也终竟不过是苍蝇。

去吧，苍蝇们！虽然生着翅子，还能营营，

总不会超过战士的。你们这些虫豸们！

一九二五年三月二十一日

【选自鲁迅著《华盖集》北新书店一九二六年版】

夏　三　虫

夏天近了，将有三虫：蚤，蚊，蝇。

假如有谁提出一个问题，问我三者之中，最爱什么，而且非爱一个不可，又不准像“青年必读书”那样的缴白卷的。我便只得回答道：跳蚤。

跳蚤的来吮血，虽然可恶，而一声不响地就是一口，何等直截爽快。蚊子便不然了，一针叮进皮肤，自然还可以算得有点彻底的，但当未叮之前，要哼哼地发一篇大议论，却使人觉得讨厌。如果所哼的是在说明人血应该给它充饥的理由，那可更其讨厌了，幸而我不懂。

野雀野鹿，一落在人手中，总时时刻刻想要逃走。其实，在山林间，上有鹰鹯，下有虎狼，何尝比在人手里安全。为什么当初不逃到人类中来，现在却要逃到鹰鹯虎狼间去？或者，鹰鹯虎狼之于它们，正如跳蚤之于我们吧。肚子饿了，抓着就是一口，决不谈道理，弄玄虚。被吃者也无须在被吃之前，先承认自己之理应被吃，心悦诚服，誓死不二。人类，可是也颇擅长于哼哼的了，害中取小，它们的避之唯恐不速，正是绝顶聪明。

苍蝇嗡嗡地闹了大半天，停下来也不过舐一点油汗，倘有伤痕或疮疖，自然更占一些便宜；无论怎么好的，美的，干净的东西，又总喜欢一律拉上一点蝇矢。但因为只舐一点油汗，只添一点腌臜，在麻木的人们还没有切肤之痛，所以也就将它放过了。中国人还不很知道它能够传播病菌，捕蝇运动大概不见得兴盛。它们的运命是长久的；还要更繁殖。

但它在好的，美的，干净的东西上拉了蝇矢之后，似乎还不至于欣欣然反过来嘲笑这东西的不洁：总要算还有一点道德的。

古今君子，每以禽兽斥人，殊不知便是昆虫，值得师法的地方也多着哪。

一九二五年四月四日

【选自鲁迅著《华盖集》北新书店一九二六年版】

忽然想到(五至六)

五

我生得太早一点，连康有为们“公车上书”的时候，已经颇有些年纪了。政变之后，有族中的所谓长辈也者教诲我，说：康有为是想篡位，所以他的名字叫有为；有者，“富有天下”，为者，“贵为天子”也。非图谋不轨而何？我想：诚然。可恶得很！

长辈的训诲于我是这样的有力，所以我也很遵从读书人家的家教。屏息低头，毫不敢轻举妄动。两眼下视黄泉，看天就是傲慢，满脸装出死相，说笑就是放肆。我自然以为极应该的，但有时心里也发生一点反抗。心的反抗，那时还不算什么犯罪，似乎诛心之律，倒不及现在之严。

但这心的反抗，也还是大人们引坏的，因为他们自己就常常随便大说大笑，而单是禁止孩子。黔首们看见秦始皇那么阔气，捣乱的项羽道：“彼可取而代也!”没出息的刘邦却说:“大丈夫不当如是耶?”我是没出息的一流,因为羡慕他们的随意说笑,就很希望赶忙变成大人,——虽然此外也还有别种的原因。

大丈夫不当如是耶,在我,无非只想不再装死而已,欲望也并不甚奢。

现在,可喜我已经大了,这大概是谁也不能否认的吧,无论用了怎样古怪的“逻辑”。

我于是就抛了死相,放心说笑起来,而不意立刻又碰了正经人的钉子:说是使他们“失望”了。我自然是知道的,先前是老人们的世界,现在是少年们的世界了;但竟不料治世的人们虽异,而其禁止说笑也则同。那么,我的死相也还得装下去,装下去,“死而后已”,岂不痛哉!

我于是又恨我生得太迟一点。何不早二十年,赶上那大人还准说笑的时候?真是“我生不辰”,正当可诅咒的时候,活在可诅咒的地方了。

约翰弥耳说:专制使人们变成冷嘲。我们却天下太平,连冷嘲也没有。我想:暴君的专制使人们变成冷嘲,愚民的专制使人们变成死相。大家渐渐死下去,而自己反以为卫道有效,这才渐近于正经的活人。

世上如果还有真要活下去的人们,就先该敢说,敢笑,敢哭,敢怒,敢骂,敢打,在这可诅咒的地方击退了可诅咒的时代!

一九二五年四月十四日

六

外国的考古学者们联翩而至了。

久矣夫，中国的学者们也早已口口声声地叫着“保古！保古！保古！……”

但是不能革新的人种，也不能保古的。

所以，外国的考古学者们便联翩而至了。

长城久成废物，弱水也似乎不过是理想上的东西。老大的国民尽钻在僵硬的传统里，不肯变革，衰朽到毫无精力了，还要自相残杀。于是外面的生力军很容易地进来了，真是“匪今斯今，振古如兹”。至于他们的历史，那自然都没我们的那么古。

可是我们的古也就难保，因为土地先已危险而不安全。土地给了别人，则“国宝”虽多，我觉得实在也无处陈列。

但保古家还在痛骂革新，力保旧物地干：用玻璃板印些宋版书，每部定价几十几百元；“涅槃！涅槃！涅槃!”佛自汉时已入中国，其古色古香为何如哉！买集些旧书和金石，是劬古爱国之士，略作考证，赶印目录，就升为学者或高人。而外国人所得的古董，却每从高人的高尚的袖底里共清风一同流出。即不然，归安陆氏的皕宋，潍县陈氏的十钟，其子孙尚能世守否？

现在，外国的考古学者们便联翩而至了。

他们活有余力，则以考古，但考古尚可，帮同保古就更可怕了。有些外人，很希望中国永是一个大古董以供他们的赏鉴，这虽然可恶，却还不奇，因为他们究竟是外人。而中国竟也有自己还不够，并且要率领了少年，赤子，共成一个大古董以供他们的赏鉴者，则真不知是生着怎样的心肝。

中国废止读经了，教会学校不是还请腐儒做先生，教学生读“四书”么？民国废去跪拜了，犹太学校不是偏请遗老做先生，要学生磕头拜寿么？外国人办给中国人看的报纸，不是最反对五四以来的小改革么？而外国总主笔治下的中国小主笔，则倒是崇拜道学，保存国粹的！

但是，无论如何，不革新，是生存也为难的，而况保古。现状就是铁证，比保古家的万言书有力得多。

我们目下的当务之急，是：一要生存，二要温饱，三要发展。苟有阻碍这前途者，无论是古是今，是人是鬼，是《三坟》《五典》，百宋千元，天球河图，金人玉佛，祖传丸散，秘制膏丹，全都踏倒他。

保古家大概总读过古书，“林回弃千金之璧，负赤子而趋”，该不能说是禽兽行为吧。那么，弃赤子而抱千金之璧的是什么？

一九二五年四月十八日

【选自鲁迅著《华盖集》北新书店一九二六年版】

春末闲谈

北京正是春末，也许我过于性急之故吧，觉着夏意了，于是突然记起故乡的细腰蜂。那时候大约是盛夏，青蝇密集在凉棚索子上，铁黑色的细腰蜂就在桑树间或墙角的蛛网左近往来飞行，有时衔一只小青虫去了，有时拉一个蜘蛛。青虫或蜘蛛先是抵抗着不肯去，但终于乏力，被衔着腾空而去了，坐了飞机似的。

老前辈们开导我，那细腰蜂就是书上所说的果蠃，纯雌无雄，必须捉螟蛉去做继子的。她将小青虫封在窠里，自己在外面日日夜夜敲打着，祝道“像我像我”，经过若干日，——我记不清了，大约七七四十九日吧，——那青虫也就成了细腰蜂了，所以《诗经》里说：“螟蛉有子，果蠃负之。”螟蛉就是桑上小青虫。蜘蛛呢？他们没有提。我记得有几个考据家曾经立过异说，以为她其实自能生卵；其捉青虫，乃是填在窠里，给孵化出来的幼蜂做食料的。但我所遇见的前辈们都不采用此说，还道是拉去做女儿。我们为存留天地间的美谈起见，倒不如这样好。当长夏无事，遣暑林阴，瞥见二虫一拉一拒的时候，便如睹慈母教女，满怀好意，而青虫的宛转抗拒，则活像一个不识好歹的毛鸦头。

但究竟是夷人可恶，偏要讲什么科学。科学虽然给我们许多惊奇，但也搅坏了我们许多好梦。自从法国的昆虫学大家发勃耳（Fabre）仔细观察之后，给幼蜂做食料的事可就证实了。而且，这细腰蜂不但是普通的凶手，还是一种很残忍的凶手，又是一个学识技术都极高明的解剖学家。她知道青虫的神经构造和作用，用了神奇的毒针，向那运动神经球上只一螫，它便麻痹为不死不活状态，这才在它身上生下蜂卵，封入窠中。青虫因为不死不活，所以不动，但也因为不活不死，所以不烂，直到她的子女孵化出来的时候，这食料还和被捕当日一样的新鲜。

三年前，我遇见神经过敏的俄国的E君，有一天他忽然发愁道，不知道将来的科学家，是否不至于发明一种奇妙的药品，将这注射在谁的身上，则这人即甘心永远去做服役和战争的机器了？那时我也就皱眉叹息，装作一齐发愁的模样，以示“所见略同”之至意，殊不知我国的圣君，贤臣，圣贤，圣贤之徒，却早已有过这一种黄金世界的理想了。不是“唯辟作福，唯辟作威，唯辟玉食”么？不是“君子劳心，小人劳力”么？不是“治于人者食（去声）人，治人者食于人”么？可惜理论虽已卓然，而终于没有发明十全的好方法。要服从作威就须不活，要贡献玉食就须不死；要被治就须不活，要供养治人者又须不死。人类升为万物之灵，自然是可贺的，但没有了细腰蜂的毒针，却很使圣君，贤臣，圣贤，圣贤之徒，以至现在的阔人，学者，教育家觉得棘手。将来未可知，若已往，则治人者虽然尽力施行过各种麻痹术，也还不能十分奏效，与果蠃并驱争先。即以皇帝一伦而言，便难免时常改姓易代，终没有“万年有道之长”；“二十四史”而多至二十四，就是可悲的铁证。现在又似乎有些别开生面了，世上挺生了一种所谓“特殊知识阶级”的留学生，在研究室中研究之结果，说医学不发达是有益于人种改良的，中国妇女的境遇是极其平等的，一切道理都已不错，一切状态都已够好。E君的发愁，或者也不为无因吧，然而俄国是不要紧的，因为他们不像我们中国，有所谓“特别国情”，还有所谓“特殊知识阶级”。

但这种工作，也怕终于像古人那样，不能十分奏效的吧，因为这实在比细腰蜂所做的要难得多。她于青虫，只须不动，所以仅在运动神经球上一螫，即告成功。而我们的工作，却求其能运动，无知觉，该在知觉神经中枢，加以完全的麻醉的。但知觉一失，运动也就随之失却主宰，不能贡献玉食，恭请上自“极峰”下至“特殊知识阶级”的赏收享用了。就现在而言，窃以为除了遗老的圣经贤传法，学者的进研究室主义，文学家和茶摊老板的莫谈国事律，教育家的勿视勿听勿言勿动论之外，委实还没有更好，更完全，更无流弊的方法。便是留学生的特别发见，其实也并未轶出了前贤的范围。

那么，又要“礼失而求诸野”了。夷人，现在因为想去取法，姑且称之为外国，他那里，可有较好的法子么？可惜，也没有。所有者，仍不外乎不准集会，不许开口之类，和我们中华并没有什么很不同。然亦可见至道嘉猷，人同此心，心同此理，固无华夷之限也。猛兽是单独的，牛羊则结队；野牛的大队，就会排角成城以御强敌了，但拉开一匹，定只能哞哞地叫。人民与牛马同流，——此就中国而言，夷人别有分类法云，——治之之道，自然应该禁止集合：这方法是对的。其次要防说话。人能说话，已经是祸胎了，而况有时还要做文章。所以苍颉造字，夜有鬼哭。鬼且反对，而况于官？猴子不会说话，猴界即向无风潮，——可是猴界中也没有官，但这又作别论，——确应该虚心取法，返璞归真，则口且不开，文章自灭：这方法也是对的。然而上文也不过就理论而言，至于实效，却依然是难说。最显著的例，是连那么专制的俄国，而尼古拉二世“龙御上宾”之后，罗马诺夫氏竟已“覆宗绝祀”了。要而言之，那大缺点就在虽有二大良法，而还缺其一，便是：无法禁止人们的思想。

于是我们的造物主——假如天空真有这样的一位“主子”——就可恨了：一恨其没有永远分清“治者”与“被治者”；二恨其不给治者生一枝细腰蜂那样的毒针；三恨其不将被治者造得即使砍去了藏着的思想中枢的脑袋而还能动作——服役。三者得一，阔人的地位即永久稳固，统御也永久省了气力，而天下于是乎太平。今也不然，所以即使单想高高在上，暂时维持阔气，也还得日施手段，夜费心机，实在不胜其委屈劳神之至……

假使没有了头颅，却还能做服役和战争的机械，世上的情形就何等地醒目呵！这时再不必用什么制帽勋章来表明阔人和窄人了，只要一看头之有无，便知道主奴，官民，上下，贵贱的区别。并且也不至于再闹什么革命，共和，会议等等的乱子了，单是电报，就要省下许多许多来。古人毕竟聪明，仿佛早想到过这样的东西，《山海经》上就记载着一种名叫“刑天”的怪物。他没有了能想的头，却还活着，“以乳为目，以脐为口”，

——这一点想得很周到，否则他怎么看，怎么吃呢，——实在是很值得奉为师法的。假使我们的国民都能这样，阔人又何等安全快乐？但他又“执干戚而舞”，则似乎还是死也不肯安分，和我那专为阔人图便利而设的理想底好国民又不同。陶潜先生又有诗道：“刑天舞干戚，猛志固常在。”连这位貌似旷达的老隐士也这么说，可见无头也会仍有猛志，阔人的天下一时总怕难得太平的了。但有了太多的“特殊知识阶级”的国民，也许有特在例外的希望；况且精神文明太高了之后，精神的头就会提前飞去，区区物质的头的有无也算不得什么难问题。

一九二五年四月二十二日

【选自鲁迅著《坟》未名社一九二七年版】

灯下漫笔

一

有一时，就是民国二三年时候，北京的几个国家银行的钞票，信用日见其好了，真所谓蒸蒸日上。听说连一向执迷于现银的乡下人，也知道这既便当，又可靠，很乐意收受，行使了。至于稍明事理的人，则不必是“特殊知识阶级”，也早不将沉重累赘的银圆装在怀中，来自讨无谓的苦吃。想来，除了多少对于银子有特别嗜好和爱情的人物之外，所有的怕大都是钞票了吧，而且多是本国的。但可惜后来忽然受了一个不小的打击。

就是袁世凯想做皇帝的那一年，蔡松坡先生溜出北京，到云南去起义。这边所受的影响之一，是中国和交通银行的停止兑现。虽然停止兑现，政府勒令商民照旧行用的威力却还有的；商民也自有商民的老本领，不说不要，却道找不出零钱。假如拿几十几百的钞票去买东西，我不知道怎样，但倘使只要买一支笔，一盒烟卷呢，难道就付给一元钞票么？不但不甘心，也没有这许多票。那么，换铜圆，少换几个吧，又都说没有铜圆。那么，到亲戚朋友那里借现钱去吧，怎么会有？于是降格以求，不讲爱国了，要外国银行的钞票。但外国银行的钞票这时就等于现银，他如果借给你这钞票，也就借给你真的银圆了。

我还记得那时我怀中还有三四十元的中交票，可是忽而变了一个穷人，几乎要绝食，很有些恐慌。俄国革命以后的藏着纸卢布的富翁的心情，恐怕也就这样的吧；至多，不过更深更大罢了。我只得探听，钞票可能折价换到现银呢？说是没有行市。幸而终于，暗暗地有了行市了：六折几。我非常高兴，赶紧去卖了一半。后来又涨到七折了，我更非常高兴，全去换了现银，沉甸甸地坠在怀中，似乎这就是我的性命的斤两。倘在平时，钱铺子如果少给我一个铜圆，我是决不答应的。

但我当一包现银塞在怀中，沉甸甸地觉得安心，喜欢的时候，却突然起了另一思想，就是：我们极容易变成奴隶，而且变了之后，还万分喜欢。

假如有一种暴力，“将人不当人”，不但不当人，还不及牛马，不算什么东西；待到人们羡慕牛马，发生“乱离人，不及太平犬”的叹息的时候，然后给与他略等于牛马的价格，有如元朝定律，打死别人的奴隶，赔一头牛，则人们便要心悦诚服，恭颂太平的盛世。为什么呢？因为他虽不算人，究竟已等于牛马了。

我们不必恭读《钦定二十四史》，或者入研究室，审察精神文明的高超。只要一翻孩子所读的《鉴略》，——还嫌繁重，则看《历代纪元编》，就知道“三千余年古国古”的中华，历来所闹的就不过是这一个小玩艺。但在新近编纂的所谓“历史教科书”一流东西里，却不大看得明白了，只仿佛说：咱们向来就很好的。

但实际上，中国人向来就没有争到过“人”的价格，至多不过是奴隶，到现在还如此，然而下于奴隶的时候，却是数见不鲜的。中国的百姓是中立的，战时连自己也不知道属于哪一面，但又属于无论哪一面。强盗来了，就属于官，当然该被杀掠；官兵既到，该是自家人了吧，但仍然要被杀掠，仿佛又属于强盗似的。这时候，百姓就希望有一个一定的主子，拿他们去做百姓，——不敢，是拿他们去做牛马，情愿自己寻草吃，只求他决定他们怎样跑。

假使真有谁能够替他们决定，定下什么奴隶规则来，自然就“皇恩浩荡”了。可惜的是往往暂时没有谁能定。举其大者，则如五胡十六国的时候，黄巢的时候，五代时候，宋末元末时候，除了老例的服役纳粮以外，都还要受意外的灾殃。张献忠的脾气更古怪了，不服役纳粮的要杀，服役纳粮的也要杀，敌他的要杀，降他的也要杀：将奴隶规则毁得粉碎。这时候，百姓就希望来一个另外的主子，较为顾及他们的奴隶规则的，无论仍旧，或者新颁，总之是有一种规则，使他们可上奴隶的轨道。

“时日曷丧，予及汝偕亡!”愤言而已，决心实行的不多见。实际上大概是群盗如麻，纷乱至极之后，就有一个较强，或较聪明，或较狡猾，或是外族的人物出来，较有秩序地收拾了天下。厘定规则：怎样服役，怎样纳粮，怎样磕头，怎样颂圣。而且这规则是不像现在那样朝三暮四的。于是便“万姓胪欢”了；用成语来说，就叫作“天下太平”。

任凭你爱排场的学者们怎样铺张，修史时候设些什么“汉族发祥时代”“汉族发达时代”“汉族中兴时代”的好题目，好意诚然是可感的，但措辞太绕弯子了。有更其直捷了当的说法在这里——

一，想做奴隶而不得的时代；

二，暂时做稳了奴隶的时代。

这一种循环，也就是“先儒”之所谓“一治一乱”；那些作乱人物，从后日的“臣民”看来，是给“主子”清道辟路的，所以说：“为圣天子驱除云尔。”

现在入了那一时代，我也不了然。但看国学家的崇奉国粹，文学家的赞叹固有文明，道学家的热心复古，可见于现状都已不满了。然而我们究竟正向着哪一条路走呢？百姓是一遇到莫名其妙的战争，稍富的迁进租界，妇孺则避入教堂里去了，因为那些地方都比较的“稳”，暂不至于想做奴隶而不得。总而言之，复古的，避难的，无智愚贤不肖，似乎都已神往于三百年前的太平盛世，就是“暂时做稳了奴隶的时代”了。

但我们也就都像古人一样，永久满足于“古已有之”的时代么？都像复古家一样，不满于现在，就神往于三百年前的太平盛世么？

自然，也不满于现在的，但是，无须反顾，因为前面还有道路在。而创造这中国历史上未曾有过的第三样时代，则是现在的青年的使命！

二

但是赞颂中国固有文明的人们多起来了，加之以外国人。我常常想，凡有来到中国的，倘能疾首蹙额而憎恶中国，我敢诚意地捧献我的感谢，因为他一定是不愿意吃中国人的肉的！

鹤见祐辅氏在《北京的魅力》中，记一个白人将到中国，预定的暂住时候是一年，但五年之后，还在北京，而且不想回去了。有一天，他们两人一同吃晚饭——

“在圆的桃花心木的食桌前坐定，川流不息地献着山海的珍味，谈话就从古董，画，政治这些开头。电灯上罩着支那式的灯罩，淡淡的光洋溢于古物罗列的屋子中。什么无产阶级呀，Proletariat 呀那些事，就像不过在什么地方刮风。

“我一面陶醉在支那生活的空气中，一面深思着对于外人有着‘魅力’的这东西。元人也曾征服支那，而被征服于汉人种的生活美了；满人也征服支那，而被征服于汉人种的生活美了。现在西洋人也一样，嘴里虽然说着 Democracy 呀，什么什么呀，而却被魅于支那人费六千年而建筑起来的生活的美。一经住过北京，就忘不掉那生活的味道。大风时候的万丈的沙尘，每三月一回的督军们的开战游戏，都不能抹去这支那生活的魅力。”

这些话我现在还无力否认他。我们的古圣先贤既给与我们保古守旧的格言，但同时也排好了用子女玉帛所做的奉献于征服者的大宴。中国人的耐劳，中国人的多子，都就是办酒的材料，到现在还为我们的爱国者所自诩的。西洋人初入中国时，被称为蛮夷，自不免个个蹙额，但是，现在则时机已至，到了我们将曾经献于北魏，献于金，献于元，献于清的盛宴，来献给他们的时候了。出则汽车，行则保护；虽遇清道，然而通行自由的；虽或被劫，然而必得赔偿的；孙美瑶掳去他们站在军前，还使官兵不敢开火。何况在华屋中享用盛宴呢？待到享受盛宴的时候，自然也就是赞颂中国固有文明的时候；但是我们的有些乐观的爱国者，也许反而欣然色喜，以为他们将要开始被中国同化了吧。古人曾以女人作苟安的城堡，美其名以自欺曰“和亲”，今人还用子女玉帛为作奴的贽敬，又美其名曰“同化”。所以倘有外国的谁，到了已有赴宴的资格的现在，而还替我们诅咒中国的现状者，这才是真有良心的真可佩服的人！

但我们自己是早已布置妥帖了，有贵贱，有大小，有上下。自己被人凌虐，但也可以凌虐别人；自己被人吃，但也可以吃别人。一级一级的制驭着，不能动弹，也不想动弹了。因为倘一动弹，虽或有利，然而也有弊。我们且看古人的良法美意吧——

“天有十日，人有十等。下所以事上，上所以共神也。故王臣公，公臣大夫，大夫臣士，士臣皁，皁臣舆，舆臣隶，隶臣僚，僚臣仆，仆臣

台。”（《左传》昭公七年）

但是“台”没有臣，不是太苦了么？无须担心的，有比他更卑的妻，更弱的子在。而且其子也很有希望，他日长大，升而为“台”，便又有更卑更弱的妻子，供他驱使了。如此连环，各得其所，有敢非议者，其罪名曰不安分！

虽然那是古事，昭公七年离现在也太辽远了，但“复古家”尽可不必悲观的。太平的景象还在：常有兵燹，常有水旱，可有谁听到大叫唤么？打的打，革的革，可有处士来横议么？对国民如何专横，向外人如何柔媚，不犹是差等的遗风么？中国固有的精神文明，其实并未为共和二字所埋没，只有满人已经退席，和先前稍不同。

因此我们在目前，还可以亲见各式各样的筵宴，有烧烤，有翅席，有便饭，有西餐。但茅檐下也有淡饭，路旁也有残羹，野上也有饿莩；有吃烧烤的身价不资的阔人，也有饿得垂死的每斤八文的孩子（见《现代评论》二十一期）。所谓中国的文明者，其实不过是安排给阔人享用的人肉的筵宴。所谓中国者，其实不过是安排这人肉的筵宴的厨房。不知道而赞颂者是可恕的，否则，此辈当得永远的诅咒！

外国人中，不知道而赞颂者，是可恕的；占了高位，养尊处优，因此受了蛊惑，昧却灵性而赞叹者，也还可恕的。可是还有两种，其一是以中国人为劣种，只配悉照原来模样，因而故意称赞中国的旧物。其一是愿世间人各不相同以增自己旅行的兴趣，到中国看辫子，到日本看木屐，到高丽看笠子，倘若服饰一样，便索然无味了，因而来反对亚洲的欧化。这些都可憎恶。至于罗素在西湖见轿夫含笑，便赞美中国人，则也许别有意思吧。但是，轿夫如果能对坐轿的人不含笑，中国也早不是现在似的中国了。

这文明，不但使外国人陶醉，也早使中国一切人们无不陶醉而且至于含笑。因为古代传来而至今还在的许多差别，使人们各各分离，遂不能再感到别人的痛苦；并且因为自己各有奴使别人，吃掉别人的希望，便也就忘却自己同有被奴使被吃掉的将来。于是大小无数的人肉的筵宴，即从有文明以来一直排到现在，人们就在这会场中吃人，被吃，以凶人的愚妄的欢呼，将悲惨的弱者的呼号遮掩，更不消说女人和小儿。

这人肉的筵宴现在还排着，有许多人还想一直排下去。扫荡这些食人者，掀掉这筵席，毁坏这厨房，则是现在的青年的使命！

一九二五年四月二十九日

【选自鲁迅著《坟》未名社一九二七年版】

长　城

伟大的长城!

这工程，虽在地图上也还有它的小像，凡是世界上稍有知识的人们，大概都知道的吧。

其实，从来不过徒然役死许多工人而已，胡人何尝挡得住。现在不过一种古迹了，但一时也不会灭尽，或者还要保存它。

我总觉得周围有长城围绕。这长城的构成材料，是旧有的古砖和补添的新砖。两种东西联为一气造成了城壁，将人们包围。

何时才不给长城添新砖呢?

这伟大而可诅咒的长城!

一九二五年五月十一日

【选自鲁迅著《华盖集》北新书店一九二六年版】

论睁了眼看

虚生先生所做的时事短评中，曾有一个这样的题目："我们应该有正眼看各方面的勇气。"（《猛进》十九期）诚然，必须敢于正视，这才可望敢想，敢说，敢作，敢当。倘使并正视而不敢，此外还能成什么气候。然而，不幸这一种勇气，是我们中国人最所缺乏的。

但现在我所想到的是别一方面——

中国的文人，对于人生，——至少是对于社会现象，向来就多没有正视的勇气。我们的圣贤，本来早已教人"非礼勿视"的了；而这"礼"又非常之严，不但"正视"，连"平视""斜视"也不许。现在青年的精神未可知，在体质，却大半还是弯腰曲背，低眉顺眼，表示着老牌的老成的子弟，驯良的百姓，——至于说对外却有大力量，乃是近一月来的新说，还不知道究竟是如何。

再回到"正视"问题去：先既不敢，后便不能，再后，就自然不视，不见了。一辆汽车坏了，停在马路上，一群人围着呆看，所得的结果是一团乌油油的东西。然而由本身的矛盾或社会的缺陷所生的苦痛，虽不正视，却要身受的。文人究竟是敏感人物，从他们的作品上看来，有些人确也早已感到不满，可是一到快要显露缺陷的危机一发之际，他们总即刻连说“并无其事”，同时便闭上了眼睛。这闭着的眼睛便看见一切圆满，当前的苦痛不过是“天将降大任于是人也，必先苦其心志，劳其筋骨，饿其体肤，空乏其身，行拂乱其所为”。于是无问题，无缺陷，无不平，也就无解决，无改革，无反抗。因为凡事总要“团圆”，正无须我们焦躁；放心喝茶，睡觉大吉。再说费话，就有“不合时宜”之咎，免不了要受大学教授的纠正了。呸！

我并未试验过，但有时候想：倘将一位久蛰洞房的老太爷抛在夏天正午的烈日底下，或将不出闺门的千金小姐拖到旷野的黑夜里，大概只好闭了眼睛，暂续他们残存的旧梦，总算并没有遇到暗或光，虽然已经是绝不相同的现实。中国的文人也一样，万事闭眼睛，聊以自欺，而且欺人，那方法是：瞒和骗。

中国婚姻方法的缺陷，才子佳人小说作家早就感到了，他于是使一个才子在壁上题诗，一个佳人便来和，由倾慕——现在就得称恋爱——而至于有“终身之约”。但约定之后，也就有了难关。我们都知道，“私订终身”在诗和戏曲或小说上尚不失为美谈（自然只以与终于中状元的男人私订为限），实际却不容于天下的，仍然免不了要离异。明末的作家便闭上眼睛，并这一层也加以补救了，说是：才子及第，奉旨成婚。“父母之命媒妁之言”经这大帽子来一压，便成了半个铅钱也不值，问题也一点没有了。假使有之，也只在才子的能否中状元，而决不在婚姻制度的良否。

（近来有人以为新诗人的作诗发表，是在出风头，引异性；且迁怒于报章杂志之滥登。殊不知即使无报，墙壁实“古已有之”，早做过发表机关了；据《封神演义》，纣王已曾在女娲庙壁上题诗，那起源实在非常之早。报章可以不取白话，或排斥小诗，墙壁却拆不完，管不及的；倘一律刷成黑色，也还有破磁可划，粉笔可书，真是穷于应付。作诗不刻木板，去藏之名山，却要随时发表，虽然很有流弊，但大概是难以杜绝的吧。）

《红楼梦》中的小悲剧，是社会上常有的事，作者又是比较的敢于实写的，而那结果也并不坏。无论贾氏家业再振，兰桂齐芳，即宝玉自己，也成了个披大红猩猩毡斗篷的和尚。和尚多矣，但披这样阔斗篷的能有几个，已经是“入圣超凡”无疑了。至于别的人们，则早在册子里一一注定，末路不过是一个归结：是问题的结束，不是问题的开头。读者即小有不安，也终于奈何不得。然而后或续或改，非借尸还魂，即冥中另配，必令“生旦当场团圆”才肯放手者，乃是自欺欺人的瘾太大，所以看了小小骗局，还不甘心，定须闭眼胡说一通而后快。赫克尔（E.Haeckel）说过：人和人之差，有时比类人猿和原人之差还远。我们将《红楼梦》的续作者和原作一比较，就会承认这话大概是确实的。

“作善降祥”的古训，六朝人本已有些怀疑了，他们作墓志，竟会说“积善不报，终自欺人”的话。但后来的昏人，却又瞒起来。元刘信将三岁痴儿抛入醮纸火盆，妄希福佑，是见于《元典章》的；剧本《小张屠焚儿救母》却道是为母延命，命得延，儿亦不死了。一女愿侍痼疾之夫，《醒世恒言》中还说终于一同自杀的；后来改作的却道是有蛇坠入药罐里，丈夫服后便痊愈了。凡有缺陷，一经作者粉饰，后半便大抵改观，使读者落诬妄中，以为世间委实尽够光明，谁有不幸，便是自作，自受。

有时遇到彰明的史实，瞒不下，如关羽岳飞的被杀，便只好别设骗局了。一是前世已造夙因，如岳飞；一是死后使他成神，如关羽。定命不可逃，成神的善报更满人意，所以杀人者不足责，被杀者也不足悲，冥冥中自有安排，使他们各得其所，正不必别人来费力了。

中国人的不敢正视各方面，用瞒和骗，造出奇妙的逃路来，而自以为正路。在这路上，就证明着国民性的怯弱，懒惰，而又巧滑。一天一天地满足着，即一天一天地堕落着，但却又觉得日见其光荣。在事实上，亡国一次，即添加几个殉难的忠臣，后来每不想光复旧物，而只去赞美那几个忠臣；遭劫一次，即造成一群不辱的烈女，事过之后，也每每不思惩凶，自卫，却只顾歌咏那一群烈女。仿佛亡国遭劫的事，反而给中国人发挥“两间正气”的机会，增高价值，即在此一举，应该一任其至，不足忧悲似的。自然，此上也无可为，因为我们已经借死人获得最上的光荣了。沪汉烈士的追悼会中，活的人们在一块很可景仰的高大的木主下互相打骂，也就是和我们的先辈走着同一的路。

文艺是国民精神所发的火光，同时也是引导国民精神的前途的灯火。这是互为因果的，正如麻油从芝麻榨出，但以浸芝麻，就使它更油。倘以油为上，就不必说；否则，当掺入别的东西，或水或碱去。中国人向来因为不敢正视人生，只好瞒和骗，由此也生出瞒和骗的文艺来，由这文艺，更令中国人更深地陷入瞒和骗的大泽中，甚而至于已经自己不觉得。世界日日改变，我们的作家取下假面，真诚地，深入地，大胆地看取人生并且写出他的血和肉来的时候早到了；早就应该有一片崭新的文场，早就应该有几个凶猛的闯将！

现在，气象似乎一变，到处听不见歌吟花月的声音了，代之而起的是铁和血的赞颂。然而倘以欺瞒的心，用欺瞒的嘴，则无论说 A 和 O，或 Y 和 Z，一样是虚假的；只可以吓哑了先前鄙薄花月的所谓批评家的嘴，满足地以为中国就要中兴。可怜他在“爱国”大帽子底下又闭上了眼睛了——或者本来就闭着。

没有冲破一切传统思想和手法的闯将，中国是不会有真的新文艺的。

一九二五年七月二十二日

【选自鲁迅著《坟》未名社一九二七年版】

学界的三魂

从《京报副刊》上知道有一种叫《国魂》的期刊，曾有一篇文章说章士钊固然不好，然而反对章士钊的“学匪”们也应该打倒。我不知道大意是否真如我所记得？但这也没有什么关系，因为不过引起我想到一个题目，和那原文是不相干的。意思是，中国旧说，本以为人有三魂六魄，或云七魄；国魂也该这样。而这三魂之中，似乎一是“官魂”，一是“匪魂”，还有一个是什么呢？也许是“民魂”吧，我不很能够决定。又因为我的见闻很偏隘，所以未敢悉指中国全社会，只好缩而小之曰“学界”。

中国人的官瘾实在深，汉重孝廉而有埋儿刻木，宋重理学而有高帽破靴，清重帖括而有“且夫”“然则”。总而言之：那魂灵就在做官，——行官势，摆官腔，打官话。顶着一个皇帝做傀儡，得罪了官就是得罪了皇帝，于是那些人就得了雅号曰“匪徒”。学界的打官话是始于去年，凡反对章士钊的都得了“土匪”“学匪”“学棍”的称号，但仍然不知道从谁的口中说出，所以还不外乎一种“流言”。

但这也足见去年学界之糟了，竟破天荒的有了学匪。以大点的国事来比吧，太平盛世，是没有匪的；待到群盗如毛时，看旧史，一定是外戚，宦官，奸臣，小人当国，即使大打一通官话，那结果也还是“呜呼哀哉”。当这“呜呼哀哉”之前，小民便大抵相率而为盗，所以我相信源增先生的话：“表面上看只是些土匪与强盗，其实是农民革命军。”（《国民新报副刊》四三）那么，社会不是改进了么？并不，我虽然也是被谥为“土匪”之一，却并不想为老前辈们饰非掩过。农民是不来夺取政权的，源增先生又道：“任三五热心家将皇帝推倒，自己过皇帝瘾去。”但这时候，匪便被称为帝，除遗老外，文人学者却都来恭维，又称反对他的为匪了。

所以中国的国魂里大概总有这两种魂：官魂和匪魂。这也并非硬要将我辈的魂挤进国魂里去，贪图与教授名流的魂为伍，只因为事实仿佛是这样。社会诸色人等，爱看《双官诰》，也爱看《四杰村》，望偏安巴蜀的刘玄德成功，也愿意打家劫舍的宋公明得法；至少，是受了官的恩惠时候则艳羡官僚，受了官的剥削时候便同情匪类。但这也是人情之常；倘使连这一点反抗心都没有，岂不就成为万劫不复的奴才了?

然而国情不同，国魂也就两样。记得在日本留学时候，有些同学问我在中国最有大利的买卖是什么，我答道:“造反。”他们便大骇怪。在万世一系的国度里，那时听到皇帝可以一脚踢落，就如我们听说父母可以一棒打杀一般。为一部分士女所心悦诚服的李景林先生，可就深知此意了，要是报纸上所传非虚。今天的《京报》即载着他对某外交官的谈话道:“予预计于旧历正月间，当能与君在天津晤谈；若天津攻击竟至失败，则拟俟三四月间卷土重来，若再失败，则暂投土匪，徐养兵力，以待时机”云。但他所希望的不是做皇帝，那大概是因为中华民国之故吧。

所谓学界，是一种发生较新的阶级，本该可以有将旧魂灵略加湔洗之望了，但听到“学官”的官话，和“学匪”的新名，则似乎还走着旧道路。那末，当然也得打倒的。这来打倒他的是“民魂”，是国魂的第三种。先前不很发扬，所以一闹之后，终不自取政权，而只“任三五热心家将皇帝推倒，自己过皇帝瘾去”了。

唯有民魂是值得宝贵的，唯有他发扬起来，中国才有真进步。但是，当此连学界也倒走旧路的时候，怎能轻易地发挥得出来呢?在乌烟瘴气之中，有官之所谓“匪”和民之所谓匪；有官之所谓“民”和民之所谓民；有官以为“匪”而其实是真的国民，有官以为“民”而其实是衙役和马弁。所以貌似“民魂”的，有时仍不免为“官魂”，这是鉴别魂灵者所应该十分注意的。

话又说远了，回到本题去。去年，自从章士钊提了“整顿学风”的招牌，上了教育总长的大任之后，学界里就官气弥漫，顺我者“通”，逆我者“匪”，官腔官话的余气，至今还没有完。但学界却也幸而因此分清了颜色；只是代表官魂的还不是章士钊，因为上头还有“减膳”执政在，他至多不过做了一个官魄；现在是在天津“徐养兵力，以待时机”了。我不看《甲寅》，不知道说些什么话：官话呢，匪话呢，民话呢，衙役马弁话呢？……

一九二六年一月二十四日

【选自鲁迅著《华盖集续编》北新书店一九二七年版】

一点比喻

在我的故乡不大通行吃羊肉，阖城里，每天大约不过杀几匹山羊。北京真是人海，情形可大不相同了，单是羊肉铺就触目皆是。雪白的群羊也常常满街走，但都是胡羊，在我们那里称绵羊的。山羊很少见；听说这在北京却颇名贵了，因为比胡羊聪明，能够率领羊群，悉依它的进止，所以畜牧家虽然偶而养几匹，却只用作胡羊们的领导，并不杀掉它。

这样的山羊我只见过一回，确是走在一群胡羊的前面，脖子上还挂着一个小铃铎，作为智识阶级的徽章。通常，领的赶的却多是牧人，胡羊们便成了一长串，挨挨挤挤，浩浩荡荡，凝着柔顺有余的眼色，跟定他匆匆地竞奔它们的前程。我看见这种认真的忙迫的情形时，心里总想开口向它们发一句愚不可及的疑问——

“往哪里去?!”

人群中也很有这样的山羊，能领了群众稳妥平静地走去，直到他们应该走到的所在。袁世凯明白一点这种事，可惜用得不大巧，大概因为他是不很读书的，所以也就难于熟悉运用那些的奥妙。后来的武人可更蠢了，只会自己乱打乱割，乱得哀号之声，洋洋盈耳，结果是除了残虐百姓之外，还加上轻视学问，荒废教育的恶名。然而“经一事，长一智”，二十世纪已过了四分之一，脖子上挂着小铃铎的聪明人是总要交到红运的，虽然现在表面上还不免有些小挫折。

那时候，人们，尤其是青年，就都循规蹈矩，既不嚣张，也不浮动，一心向着“正路”前进了，只要没有人问——

“往哪里去?!”

君子若曰：“羊总是羊，不成了一长串顺从地走，还有什么别的法子呢？君不见夫猪乎？拖延着，逃着，喊着，奔突着，终于也还是被捉到非去不可的地方去，那些暴动，不过是空费力气而已矣。”

这是说：虽死也应该如羊，使天下太平，彼此省力。

这计划当然是很妥帖，大可佩服的。然而，君不见夫野猪乎？它以两个牙，使老猎人也不免于退避。这牙，只要猪脱出了牧豕奴所造的猪圈，走入山野，不久就会长出来。

Schopenhauer 先生曾将绅士们比作豪猪，我想，这实在有些失体统。但在他，自然是并没有什么别的恶意的，不过拉扯来作一个比喻。《Parerga und Paralipomena》里有着这样意思的话：有一群豪猪，在冬天想用了大家的体温来御寒冷，紧靠起来了，但它们彼此即刻又觉得刺的疼痛，于是乎又离开。然而温暖的必要，再使它们靠近时，却又吃了照样的苦。但它们在这两种困难中，终于发见了彼此之间的适宜的间隔，以这距离，它们能够过得最平安。人们因为社交的要求，聚在一处，又因为各有可厌的许多性质和难堪的缺陷，再使他们分离。他们最后所发见的距离，——使他们得以聚在一处的中庸的距离，就是“礼让”和“上流的风习”。有不守这距离的，在英国就这样叫，“Keep your distance!”

但即使这样叫，恐怕也只能在豪猪和豪猪之间才有效力吧，因为它们彼此的守着距离，原因是在于痛而不在于叫的。假使豪猪们中夹着一个别的，并没有刺，则无论怎么叫，它们总还是挤过来。孔子说：礼不下庶人。照现在的情形看，该是并非庶人不得接近豪猪，却是豪猪可以任意刺着庶人而取得温暖。受伤是当然要受伤的，但这也只能怪你自己独独没有刺，不足以让他守定适当的距离。孔子又说：刑不上大夫。这就又难怪人们的要做绅士。

这些豪猪们，自然也可以用牙角或棍棒来抵御的，但至少必须拼出背一条豪猪社会所制定的罪名：“下流”或“无礼”。

一九二六年一月二十五日

【选自鲁迅著《华盖集续编》北新书店一九二七年版】

谈皇帝

中国人的对付鬼神，凶恶的是奉承，如瘟神和火神之类，老实一点的就要欺侮，例如对于土地或灶君。待遇皇帝也有类似的意思。君民本是同一民族，乱世时“成则为王败则为贼”，平常是一个照例做皇帝，许多个照例做平民；两者之间，思想本没有什么大差别。所以皇帝和大臣有“愚民政策”，百姓们也自有其“愚君政策”。

往昔的我家，曾有一个老仆妇，告诉过我她所知道，而且相信的对付皇帝的方法。她说——

“皇帝是很可怕的。他坐在龙位上，一不高兴，就要杀人；不容易对付的。所以吃的东西也不能随便给他吃，倘是不容易办到的，他吃了又要，一时办不到；——譬如他冬天想到瓜，秋天要吃桃子，办不到，他就生气，杀人了。现在是一年到头给他吃波菜，一要就有，毫不为难。但是倘说是波菜，他又要生气的，因为这是便宜货，所以大家对他就不称为波菜，另外起一个名字，叫作‘红嘴绿鹦哥’。”

在我的故乡，是通年有波菜的，根很红，正如鹦哥的嘴一样。

这样的连愚妇人看来，也是呆不可言的皇帝，似乎大可以不要了。然而并不，她以为要有的，而且应该听凭他作威作福。至于用处，仿佛在靠他来镇压比自己更强梁的别人，所以随便杀人，正是非备不可的要件。然而倘使自己遇到，且须侍奉呢？可又觉得有些危险了，因此只好又将他练成傻子，终年耐心地专吃着“红嘴绿鹦哥”。

其实利用了他的名位，“挟天子以令诸侯”的，和我那老仆妇的意思和方法都相同，不过一则又要他弱，一则又要他愚。儒家的靠了“圣君”来行道也就是这玩意，因为要“靠”，所以要他威重，位高；因为要便于操纵，所以又要他颇老实，听话。

皇帝一自觉自己的无上威权，这就难办了。既然“普天之下，莫非皇土”，他就胡闹起来，还说是“自我得之，自我失之，我又何恨”哩！于是圣人之徒也只好请他吃“红嘴绿鹦哥”了，这就是所谓“天”。据说天子的行事，是都应该体贴天意，不能胡闹的；而这“天意”也者，又偏只有儒者们知道着。

这样，就决定了：要做皇帝就非请教他们不可。

然而不安分的皇帝又胡闹起来了。你对他说“天”么，他却道，“我生不有命在天?!”岂但不仰体上天之意而已，还逆天，背天，“射天”，简直将国家闹完，使靠天吃饭的圣贤君子们，哭不得，也笑不得。

于是乎他们只好去著书立说，将他骂一通，预计百年之后，即身殁之后，大行于时，自以为这就了不得。

但那些书上，至多就只记着“愚民政策”和“愚君政策”全都不成功。

一九二六年二月十七日

【选自鲁迅著《华盖集续编》北新书店一九二七年版】

无花的蔷薇之二

1

英国勃尔根贵族曰："中国学生只知阅英文报纸，而忘却孔子之教。英国之大敌，即此种极力诅咒帝国而幸灾乐祸之学生。……中国为过激党之最好活动场……。"（一九二五年六月三十日伦敦路透电）

南京通信云："基督教城中会堂聘金大教授某神学博士讲演，中有谓孔子乃耶稣之信徒，因孔子吃睡时皆祷告上帝。当有听众……质问何所据而云然，博士语塞。时乃有教徒数人，突紧闭大门，声言'发问者，乃苏俄卢布买收来者'。当呼警捕之。……"（三月十一日《国民公报》）

苏俄的神通真是广大，竟能买收叔梁纥，使生孔子于耶稣之前，则"忘却孔子之教"和"质问何所据而云然"者，当然都受着卢布的驱使无疑了。

2

西滢教授曰："听说在'联合战线'中，关于我的流言特别多，并且据说我一个人每月可以领到三千元。'流言'是在口上流的，在纸上到也不大见。"（《现代》六十五。）

该教授去年是只听到关于别人的流言的，却由他在纸上发表；据说今年却听到关于自己的流言了，也由他在纸上发表。"一个人每月可以领到三千元"，实在特别荒唐，可见关于自己的"流言"都不可信。但我以为关于别人的似乎倒是近理者居多。

3

据说"孤桐先生"下台之后，他的什么《甲寅》居然渐渐地有了活气了。可见官是做不得的。

然而他又做了临时执政府秘书长了,不知《甲寅》可仍然还有活气？如果还有,官也还是做得的……。

4

已不是写什么"无花的蔷薇"的时候了。

虽然写的多是刺，也还要些和平的心。

现在，听说北京城中，已经施行了大杀戮了。当我写出上面这些无聊的文字的时候，正是许多青年受弹饮刃的时候。呜呼，人和人的魂灵，是不相通的。

5

中华民国十五年三月十八日，段祺瑞政府使卫兵用步枪大刀，在国务院门前包围虐杀徒手请愿，意在援助外交之青年男女，至数百人之多。还要下令，诬之曰“暴徒”!

如此残虐险狠的行为，不但在禽兽中所未曾见，便是在人类中也极少有的，除却俄皇尼古拉二世使可萨克兵击杀民众的事，仅有一点相像。

6

中国只任虎狼侵食，谁也不管。管的只有几个年轻的学生，他们本应该安心读书的，而时局飘摇得他们安心不下。假如当局者稍有良心，应如何反躬自责，激发一点天良?

然而竟将他们虐杀了!

7

假如这样的青年一杀就完，要知道屠杀者也决不是胜利者。

中国要和爱国者的灭亡一同灭亡。屠杀者虽然因为积有金资，可以比较长久地养育子孙，然而必至的结果是一定要到的。“子孙绳绳”又何足喜呢？灭亡自然较迟，但他们要住最不适于居住的不毛之地，要做最深的矿洞的矿工，要操最下贱的生业……。

8

如果中国还不至于灭亡，则已往的史实示教过我们，将来的事便要大出于屠杀者的意料之外——这不是一件事的结束，是一件事的开头。

墨写的谎说，决掩不住血写的事实。

血债必须用同物偿还。拖欠得愈久，就要付更大的利息！

9

以上都是空话。笔写的，有什么相干？

实弹打出来的却是青年的血。血不但不掩于墨写的谎语，不醉于墨写的挽歌，威力也压它不住，因为它已经骗不过，打不死了。

（一九二六年）三月十八日，民国以来最黑暗的一天，写。

【选自鲁迅著《华盖集续编》北新书店一九二七年版】

无声的中国

——二月十六日在香港青年会讲

以我这样没有什么可听的无聊的讲演，又在这样大雨的时候，竟还有这许多来听的诸君，我首先应当声明我的郑重的感谢。

我现在所讲的题目是：《无声的中国》。

现在，浙江，陕西，都在打仗，那里的人民哭着呢还是笑着呢，我们不知道。香港似乎很太平，住在这里的中国人，舒服呢还是不很舒服呢，别人也不知道。

发表自己的思想，感情给大家知道的是要用文章的，然而拿文章来达意，现在一般的中国人还做不到。这也怪不得我们；因为那文字，先就是我们的祖先留传给我们的可怕的遗产。人们费了多年的工夫，还是难于运用。因为难，许多人便不理它了，甚至于连自己的姓也写不清是张还是章，或者简直不会写，或者说道：Chang。虽然能说话，而只有几个人听到，远处的人们便不知道，结果也等于无声。又因为难，有些人便当作宝贝，像玩把戏似的，之乎者也，只有几个人懂，

——其实是不知道可真懂，而大多数的人们却不懂得，结果也等于无声。

文明人和野蛮人的分别，其一，是文明人有文字，能够把他们的思想，感情，藉此传给大众，传给将来。中国虽然有文字，现在却已经和大家不相干，用的是难懂的古文，讲的是陈旧的古意思，所有的声音，都是过去的，都就是只等于零的。所以，大家不能互相了解，正像一大盘散沙。

将文章当作古董，以不能使人认识，使人懂得为好，也许是有趣的事吧。但是，结果怎样呢？是我们已经不能将我们想说的话说出来。我们受了损害，受了侮辱，总是不能说出些应说的话。拿最近的事情来说，如中日战争，拳匪事件，民元革命这些大事件，一直到现在，我们可有一部像样的著作？民国以来，也还是谁也不作声。反而在外国，倒常有说起中国的，但那都不是中国人自己的声音，是别人的声音。

这不能说话的毛病，在明朝是还没有这样厉害的；他们还比较地能够说些要说的话。待到满洲人以异族侵入中国，讲历史的，尤其是讲宋末的事情的人被杀害了，讲时事的自然也被杀害了。所以，到乾隆年间，人民大家便更不敢用文章来说话了。所谓读书人，便只好躲起来读经，校刊古书，做些古时的文章，和当时毫无关系的文章。有些新意，也还是不行的；不是学韩，便是学苏。韩愈苏轼他们，用他们自己的文章来说当时要说的话，那当然可以的。我们却并非唐宋时人，怎么做和我们毫无关系的时候的文章呢。即使做得像，也是唐宋时代的声音，韩愈苏轼的声音，而不是我们现代的声音。然而直到现在，中国人却还要着这样的旧戏法。人是有的，没有声音，寂寞得很。——人会没有声音的么？没有，可以说，是死了。倘要说得客气一点，那就是：已经哑了。

要恢复这多年无声的中国，是不容易的，正如命令一个死掉的人道："你活过来！"我虽然并不懂得宗教，但我以为正如想出现一个宗教上之所谓"奇迹"一样。

首先来尝试这工作的是"五四运动"前一年，胡适之先生所提倡的"文学革命"。"革命"这两个字，在这里不知道可害怕，有些地方是一听到就害怕的。但这和文学两字连起来的"革命"，却没有法国革命的"革命"那么可怕，不过是革新，改换一个字，就很平和了，我们就称为"文学革新"吧，中国文字上，这样的花样是很多的。那大意也并不可怕，不过说：我们不必再去费尽心机，学说古代的死人的话，要说现代的活人的话；

不要将文章看作古董，要做容易懂得的白话的文章。然而，单是文学革新是不够的，因为腐败思想，能用古文做，也能用白话做。所以后来就有人提倡思想革新。思想革新的结果，是发生社会革新运动。这运动一发生，自然一面就发生反动，于是便酿成战斗……。

但是，在中国，刚刚提起文学革新，就有反动了。不过白话文却渐渐风行起来，不大受阻碍。这是怎么一回事呢？就因为当时又有钱玄同先生提倡废止汉字，用罗马字母来替代。这本也不过是一种文字革新，很平常的，但被不喜欢改革的中国人听见，就大不得了了，于是便放过了比较的平和的文学革命，而竭力来骂钱玄同。白话乘了这一个机会，居然减去了许多敌人，反而没有阻碍，能够流行了。

中国人的性情是总喜欢调和，折中的。譬如你说，这屋子太暗，须在这里开一个窗，大家一定不允许的。但如果你主张拆掉屋顶，他们就会来调和，愿意开窗了。没有更激烈的主张，他们总连平和的改革也不肯行。那时白话文之得以通行，就因为有废掉中国字而用罗马字母的议论的缘故。

其实，文言和白话的优劣的讨论，本该早已过去了，但中国是总不肯早早解决的，到现在还有许多无谓的议论。例如，有的说：古文各省人都能懂，白话就各处不同，反而不能互相了解了。殊不知这只要教育普及和交通发达就好，那时就人人都能懂较为易解的白话文；至于古文，何尝各省人都能懂，便是一省里，也没有许多人懂得的。有的说：如果都用白话文，人们便不能看古书，中国的文化就灭亡了。其实呢，现在的人们大可以不必看古书，即使古书里真有好东西，也可以用白话来译出的，用不着那么心惊胆战。他们又有人说，外国尚且译中国书，足见其好，我们自己倒不看么？殊不知埃及的古书，外国人也译，非洲黑人的神话，外国人也译，他们别有用意，即使译出，也算不了怎样光荣的事的。

近来还有一种说法，是思想革新紧要，文字改革倒在其次，所以不如用浅显的文言来作新思想的文章，可以少招一重反对。这话似乎也有理。然而我们知道，连他长指甲都不肯剪去的人，是决不肯剪去他的辫子的。

因为我们说着古代的话，说着大家不明白，不听见的话，已经弄得像一盘散沙，痛痒不相关了。我们要活过来，首先就须由青年们不再说孔子孟子和韩愈柳宗元们的话。时代不同，情形也两样，孔子时代的香港不这样，孔子口调的“香港论”是无从做起的，“吁嗟阔哉香港也”，不过是笑话。

我们要说现代的，自己的话；用活着的白话，将自己的思想，感情直白地说出来。但是，这也要受前辈先生非笑的。他们说白话文卑鄙，没有价值；他们说年青人作品幼稚，贻笑大方。我们中国能做文言的有多少呢，其余的都只能说白话，难道这许多中国人，就都是卑鄙，没有价值的么？至于幼稚，尤其没有什么可羞，正如孩子对于老人，毫没有什么可羞一样。幼稚是会生长，会成熟的，只不要衰老，腐败，就好。倘说待到纯熟了才可以动手，那是虽是村妇也不至于这样蠢。她的孩子学走路，即使跌倒了，她决不至于叫孩子从此躺在床上，待到学会了走法再下地面来的。

青年们先可以将中国变成一个有声的中国。大胆地说话，勇敢地进行，忘掉了一切利害，推开了古人，将自己的真心的话发表出来。——真，自然是不容易的。譬如态度，就不容易真，讲演时候就不是我的真态度，因为我对朋友，孩子说话时候的态度是不这样的。——但总可以说些较真的话，发些较真的声音。只有真的声音，才能感动中国的人和世界的人；必须有了真的声音，才能和世界的人同在世界上生活。

我们试想现在没有声音的民族是那几种民族。我们可听到埃及人的声音？可听到安南，朝鲜的声音？印度除了泰戈尔，别的声音可还有？

我们此后实在只有两条路：一是抱着古文而死掉，一是舍掉古文而生存。

一九二七年

【选自鲁迅著《三闲集》北新书店一九三二年版】

老调子已经唱完

——二月十九日在香港青年会讲

今天我所讲的题目是“老调子已经唱完”：初看似乎有些离奇，其实是并不奇怪的。

凡老的，旧的，都已经完了！这也应该如此。虽然这一句话实在对不起一般老前辈，可是我也没有别的法子。

中国人有一种矛盾思想，即是：要子孙生存，而自己也想活得很长久，永远不死；及至知道没法可想，非死不可了，却希望自己的尸身永远不腐烂。但是，想一想吧，如果从有人类以来的人们都不死，地面上早已挤得密密的，现在的我们早已无地可容了；如果从有人类以来的人们的尸身都不烂，岂不是地面上的死尸早已堆得比鱼店里的鱼还要多，连掘井，造房子的空地都没有了么？所以，我想，凡是老的，旧的，实在倒不如高高兴兴地死去的好。

在文学上，也一样，凡是老的和旧的，都已经唱完，或将要唱完。举一个最近的例来说，就是俄国。他们当俄皇专制的时代，有许多作家很同情于民众，叫出许多惨痛的声音，后来他们又看见民众有缺点，便失望起来，不很能怎样歌唱，待到革命以后，文学上便没有什么大作品了。只有几个旧文学家跑到外国去，作了几篇作品，但也不见得出色，因为他们已经失掉了先前的环境了，不再能照先前似的开口。

在这时候，他们的本国是应该有新的声音出现的，但是我们还没有很听到。我想，他们将来是一定要有声音的。因为俄国是活的，虽然暂时没有声音，但他究竟有改造环境的能力，所以将来一定也会有新的声音出现。

再说欧美的几个国度吧。他们的文艺是早有些老旧了，待到世界大战时候，才发生了一种战争文学。战争一完结，环境也改变了，老调子无从再唱，所以现在文学上也有些寂寞。将来的情形如何，我们实在不能预测。但我相信，他们是一定也会有新的声音的。

现在来想一想我们中国是怎样。中国的文章是最没有变化的，调子是最老的，里面的思想是最旧的。但是，很奇怪，却和别国不一样。那些老调子，还是没有唱完。

这是什么缘故呢？有人说，我们中国是有一种“特别国情”。——中国人是否真是这样“特别”，我是不知道，不过我听得有人说，中国人是这样。——倘使这话是真的，那么，据我看来，这所以特别的原因，大概有两样。

第一，是因为中国人没记性，因为没记性，所以昨天听过的话，今天忘记了，明天再听到，还是觉得很新鲜。做事也是如此，昨天做坏了的事，今天忘记了，明天做起来，也还是“仍旧贯”的老调子。

第二，是个人的老调子还未唱完，国家却已经灭亡了好几次了。何以呢？我想，凡有老旧的调子，一到有一个时候，是都应该唱完的，凡是有良心，有觉悟的人，到一个时候，自然知道老调子不该再唱，将它抛弃。但是，一般以自己为中心的人们，却决不肯以民众为主体，而专图自己的便利，总是三翻四复地唱不完。于是，自己的老调子固然唱不完，而国家却已被唱完了。

宋朝的读书人讲道学，讲理学，尊孔子，千篇一律。虽然有几个革新的人们，如王安石等等，行过新法，但不得大家的赞同，失败了。从此大家又唱老调子，和社会没有关系的老调子，一直到宋朝的灭亡。

宋朝唱完了，进来做皇帝的是蒙古人——元朝。那么，宋朝的老调子也该随着宋朝完结了吧，不，元朝人起初虽然看不起中国人，后来却觉得我们的老调子，倒也新奇，渐渐生了羡慕，因此元人也跟着唱起我们的调子来了，一直到灭亡。

这个时候，起来的是明太祖。元朝的老调子，到此应该唱完了吧，可是也还没有唱完。明太祖又觉得还有些意趣，就又教大家接着唱下去。什么八股咧，道学咧，和社会，百姓都不相干，就只向着那条过去的旧路走，一直到明亡。

清朝又是外国人。中国的老调子，在新来的外国主人的眼里又见得新鲜了，于是又唱下去。还是八股，考试，做古文，看古书。但是清朝完结，已经有十六年了，这是大家都知道的。他们到后来，倒也略略有些觉悟，曾经想从外国学一点新法来补救，然而已经太迟，来不及了。

老调子将中国唱完，完了好几次，而它却仍然可以唱下去。因此就发生一点小议论。有人说："可见中国的老调子实在好，正不妨唱下去。试看元朝的蒙古人，清朝的满洲人，不是都被我们同化了么？照此看来，则将来无论何国，中国都会这样地将他们同化的。"原来我们中国就如生着传染病的病人一般，自己生了病，还会将病传到别人身上去，这倒是一种特别的本领。

殊不知这种意见，在现在是非常错误的。我们为甚么能够同化蒙古人和满洲人呢？是因为他们的文化比我们的低得多。倘使别人的文化和我们的相敌或更进步，那结果便要大不相同了。他们倘比我们更聪明，这时候，我们不但不能同化他们，反要被他们利用了我们的腐败文化，来治理我们这腐败民族。他们对于中国人，是毫不爱惜的，当然任凭你腐败下去。现在听说又很有别国人在尊重中国的旧文化了，那里是真在尊重呢，不过是利用！

从前西洋有一个国度，国名忘记了，要在非洲造一条铁路。顽固的非洲土人很反对，他们便利用了他们的神话来哄骗他们道："你们古代有一个神仙，曾从地面造一道桥到天上。现在我们所造的铁路，简直就和你们的古圣人的用意一样。"非洲人不胜佩服，高兴，铁路就造起来。——中国人是向来排斥外人的，然而现在却渐渐有人跑到他那里去唱老调子了，还说道："孔夫子也说过，'道不行，乘桴浮于海。'所以外人倒是好的。"外国人也说道："你家圣人的话实在不错。"

倘照这样下去，中国的前途怎样呢？别的地方我不知道，只好用上海来类推。上海是：最有权势的是一群外国人，接近他们的是一圈中国的商人和所谓读书的人，圈子外面是许多中国的苦人，就是下等奴才。将来呢，倘使还要唱着老调子，那么，上海的情状会扩大到全国，苦人会多起来。因为现在是不像元朝清朝时候，我们可以靠着老调子将他们唱完，只好反而唱完自己了。

这就因为，现在的外国人，不比蒙古人和满洲人一样，他们的文化并不在我们之下。

那么，怎么好呢？我想，唯一的方法，首先是抛弃了老调子。旧文章，旧思想，都已经和现社会毫无关系了，从前孔子周游列国的时代，所坐的是牛车。现在我们还坐牛车么？从前尧舜的时候，吃东西用泥碗，现在我们所用的是什么？所以，生在现今的时代，捧着古书是完全没有用处的了。

但是，有些读书人说，我们看这些古东西，倒并不觉得于中国怎样有害，又何必这样决绝地抛弃呢？是的。然而古老东西的可怕就正在这里。倘使我们觉得有害，我们便能警戒了，正因为并不觉得怎样有害，我们这才总是觉不出这致死的毛病来。因为这是“软刀子”。这“软刀子”的名目，也不是我发明的，明朝有一个读书人，叫作贾凫西的，鼓词里曾经说起纣王，道：“几年家软刀子割头不觉死，只等得太白旗悬才知道命有差。”我们的老调子，也就是一把软刀子。

中国人倘被别人用钢刀来割，是觉得痛的，还有法子想；倘是软刀子，那可真是“割头不觉死”，一定要完。

我们中国被别人用兵器来打，早有过好多次了。例如，蒙古人满洲人用弓箭，还有别国人用枪炮。用枪炮来打的后几次，我已经出了世了，但是年纪轻。我仿佛记得那时大家倒还觉得一点苦痛的，也曾经想有些抵抗，有些改革。用枪炮来打我们的时候，听说是因为我们野蛮；现在，倒不大遇见有枪炮来打我们了，大约是因为我们文明了吧。现在也的确常常有人说，中国的文化好得很，应该保存。那证据，是外国人也常在赞美。这就是软刀子。用钢刀，我们也许还会觉得的，于是就改用软刀子。我想：叫我们用自己的老调子唱完我们自己的时候，是已经要到了。

中国的文化，我可是实在不知道在哪里。所谓文化之类，和现在的民众有什么关系，什么益处呢？近来外国人也时常说，中国人礼仪好，中国人肴馔好。中国人也附和着。但这些事和民众有什么关系？车夫先就没有钱来做礼服，南北的大多数的农民最好的食物是杂粮。有什么关系？

中国的文化，都是侍奉主子的文化，是用很多的人的痛苦换来的。无论中国人，外国人，凡是称赞中国文化的，都只是以主子自居的一部分。

以前，外国人所作的书籍，多是嘲骂中国的腐败；到了现在，不大嘲骂了，或者反而称赞中国的文化了。常听到他们说："我在中国住得很舒服呵！"这就是中国人已经渐渐把自己的幸福送给外国人享受的证据。所以他们愈赞美，我们中国将来的苦痛要愈深的！

这就是说：保存旧文化，是要中国人永远做侍奉主子的材料，苦下去，苦下去。虽是现在的阔人富翁，他们的子孙也不能逃。我曾经做过一篇杂感，大意是说："凡称赞中国旧文化的，多是住在租界或安稳地方的富人，因为他们有钱，没有受到国内战争的痛苦，所以发出这样的赞赏来。殊不知将来他们的子孙，营业要比现在的苦人更其贱，去开的矿洞，也要比现在的苦人更其深。"这就是说，将来还是要穷的，不过迟一点。但是先穷的苦人，开了较浅的矿，他们的后人，却须开更深的矿了。我的话并没有人注意。他们还是唱着老调子，唱到租界去，唱到外国去。但从此以后，不能像元朝清朝一样，唱完别人了，他们是要唱完了自己。

这怎么办呢？我想，第一，是先请他们从洋楼，卧室，书房里踱出来，看一看身边怎么样，再看一看社会怎么样，世界怎么样。然后自己想一想，想得了方法，就做一点。"跨出房门，是危险的。"自然，唱老调子的先生们又要说。然而，做人是总有些危险的，如果躲在房里，就一定长寿，白胡子的老先生应该非常多；但是我们所见的有多少呢？他们也还是常常早死，虽然不危险，他们也胡涂死了。

要不危险，我倒曾经发见了一个很合式的地方。这地方，就是：牢狱。人坐在监牢里，便不至于再捣乱，犯罪了；救火机关也完全，不怕失火；也不怕盗劫，到牢狱里去抢东西的强盗是从来没有的。坐监是实在最安稳。

但是，坐监却独独缺少一件事，这就是：自由。所以，贪安稳就没有自由，要自由就总要历些危险。只有这两条路。那一条好，是明明白白的，不必待我来说了。

现在我还要谢诸位今天到来的盛意。

一九二七年二月十九日

【选自鲁迅著《集外集拾遗》鲁迅全集出版社一九三八年版】

黄花节的杂感

黄花节将近了，必须做一点所谓文章。但对于这一个题目的文章，教我做起来，实在近于先前的在考场里“对空策”。因为，——说出来自己也惭愧，——黄花节这三个字，我自然明白它是什么意思的；然而战死在黄花冈头的战士们呢，不但姓名，连人数也不知道。

为寻些材料，好发议论起见，只得查《辞源》。书里面有是有的，可不过是：

“黄花冈。地名，在广东省城北门外白云山之麓。清宣统三年三月二十九日，革命党数十人，攻袭督署，不成而死，丛葬于此。”

轻描淡写，和我所知道的差不多，于我并不能有所裨益。

我又愿意知道一点十七年前的三月二十九日的情形，但一时也找不到目击耳闻的耆老。从别的地方——如北京，南京，我的故乡——的例子推想起来，当时大概有若干人痛惜，若干人快意，若干人没有什么意见，若干人当作酒后茶余的谈助的吧。接着便将被人们忘却。久受压制的人们，被压制时只能忍苦，幸而解放了便只知道作乐，悲壮剧是不能久留在记忆里的。

但是三月二十九日的事却特别，当时虽然失败，十月就是武昌起义，第二年，中华民国便出现了。于是这些失败的战士，当时也就成为革命成功的先驱，悲壮剧刚要收场，又添上一个团圆剧的结束。这于我们是很可庆幸的，我想，在纪念黄花节的时候便可以看出。

我还没有亲自遇见过黄花节的纪念，因为久在北方。不过，中山先生的纪念日却遇见过了：在学校里，晚上来看演剧的特别多，连凳子也踏破了几条，非常热闹。用这例子来推断，那么，黄花节也一定该是极其热闹的吧。

当三月十二日那天的晚上，我在热闹场中，便深深地更感得革命家的伟大。我想，恋爱成功的时候，一个爱人死掉了，只能给生存的那一个以悲哀。然而革命成功的时候，革命家死掉了，却能每年给生存的大家以热闹，甚而至于欢欣鼓舞。唯独革命家，无论他生或死，都能给大家以幸福。同是爱，结果却有这样地不同，正无怪现在的青年，很有许多感到恋爱和革命的冲突的苦闷。

以上的所谓“革命成功”，是指暂时的事而

言；其实是“革命尚未成功”的。革命无止境，倘使世上真有什么“止于至善”，这人间世便同时变了凝固的东西了。不过，中国经了许多战士的精神和血肉的培养，却的确长出了一点先前所没有的幸福的花果来，也还有逐渐生长的希望。倘若不像有，那是因为继续培养的人们少，而赏玩，攀折这花，摘食这果实的人们倒是太多的缘故。

我并非说，大家都须天天去痛哭流涕，以凭吊先烈的“在天之灵”，一年中有一天记起他们也就可以了。但就广东的现在而论，我却觉得大家对于节日的办法，还须改良一点。黄花节很热闹，热闹一天自然也好；热闹得疲劳了，回去就好好地睡一觉。然而第二天，元气恢复了，就该加工做一天自己该做的工作。这当然是劳苦的，但总比枪弹从致命的地方穿过去要好得远；何况这也算是在培养幸福的花果，为着后来的人们呢。

一九二七年三月二十四日

【选自鲁迅著《而已集》北新书店一九二八年版】

小 杂 感

蜜蜂的刺，一用即丧失了它自己的生命；犬儒的刺，一用则苟延了他自己的生命。

他们就是如此不同。

约翰穆勒说：专制使人们变成冷嘲。

而他竟不知道共和使人们变成沉默。

要上战场，莫如做军医；要革命，莫如走后方；要杀人，莫如做刽子手。既英雄，又稳当。

与名流学者谈，对于他之所讲，当装作偶有不懂之处。太不懂被看轻，太懂了被厌恶。偶有不懂之处，彼此最为合宜。

世间大抵只知道指挥刀所以指挥武士，而不想到也可以指挥文人。

又是演讲录，又是演讲录。

但可惜都没有讲明他何以和先前大两样了；也没有讲明他演讲时，自己是否真相信自己的话。

阔的聪明人种种譬如昨日死。

不阔的傻子种种实在昨日死。

曾经阔气的要复古，正在阔气的要保持现状，未曾阔气的要革新。

大抵如是。大抵！

他们之所谓复古，是回到他们所记得的若干年前，并非虞夏商周。

女人的天性中有母性，有女儿性；无妻性。

妻性是逼成的，只是母性和女儿性的混合。

防被欺。

自称盗贼的无须防，得其反倒是好人；自称正人君子的必须防，得其反则是盗贼。

楼下一个男人病得要死，那间壁的一家唱着留声机；对面是弄孩子。楼上有两人狂笑；还有打牌声。河中的船上有女人哭着她死去的母亲。

人类的悲欢并不相通，我只觉得他们吵闹。

每一个破衣服人走过，叭儿狗就叫起来，其实并非都是狗主人的意旨或使嗾。

叭儿狗往往比它的主人更严厉。

恐怕有一天总要不准穿破布衫，否则便是共产党。

革命，反革命，不革命。

革命的被杀于反革命的。反革命的被杀于革命的。不革命的或当作革命的而被杀于反革命的，或当作反革命的而被杀于革命的，或并不当作什么而被杀于革命的或反革命的。革命，革革命，革革革命，革革……。

人感到寂寞时，会创作；一感到干净时，即无创作，他已经一无所爱。

创作总根于爱。

杨朱无书。

创作虽说抒写自己的心，但总愿意有人看。

创作是有社会性的。

但有时只要有一个人看便满足：好友，爱人。

人往往憎和尚，憎尼姑，憎回教徒，憎耶教徒，而不憎道士。

懂得此理者，懂得中国大半。

要自杀的人，也会怕大海的汪洋，怕夏天死尸的易烂。

但遇到澄静的清池，凉爽的秋夜，他往往也自杀了。

凡为当局所“诛”者皆有“罪”。

刘邦除秦苛暴，“与父老约，法三章耳。”而后来仍有族诛，仍禁挟书，还是秦法。

法三章者，话一句耳。

一见短袖子，立刻想到白臂膊，立刻想到全裸体，立刻想到生殖器，立刻想到性交，立刻想到杂交，立刻想到私生子。

中国人的想象唯在这一层能够如此跃进。

一九二七年九月二十四日

【选自鲁迅著《而已集》北新书店一九二八年版】

关于知识阶级

——十月二十五日在上海劳动大学讲

我到上海约二十多天，这回来上海并无什么意义，只是跑来跑去偶然到上海就是了。

我没有什么学问和思想，可以贡献给诸君。但这次易先生要我来讲几句话；因为我去年亲见易先生在北京和军阀官僚怎样奋斗；而且我也参与其间，所以他要我来，我是不得不来的。

我不会讲演，也想不出什么可讲的，讲演近于做八股，是极难的，要有讲演的天才才好，在我是不会的。终于想不出什么，只能随便一谈；刚才谈起中国情形，说到“知识阶级”四字，我想对于知识阶级发表一点个人的意见，只是我并不是站在引导者的地位，要诸君都相信我的话，我自己走路都走不清楚，如何能引导诸君？

“知识阶级”一词是爱罗先珂(V.Eroshenko)七八年前讲演“知识阶级及其使命”时提出的，他骂俄国的知识阶级，也骂中国的知识阶级，中国人于是也骂起知识阶级来了；后来便要打倒知识阶级，再厉害一点甚至于要杀知识阶级了。知识就仿佛是罪恶，但是一方面虽有人骂知识阶级；一方面却又有人以此自豪：这种情形是中国所特有的，所谓俄国的知识阶级，其实与中国的不同，俄国当革命以前，社会上还欢迎知识阶级。为什么要欢迎呢？因为他确能替平民抱不平，把平民的苦痛告诉大众。他为什么能把平民的苦痛说出来？因为他与平民接近，或自身就是平民。几年前有一位中国大学教授，他很奇怪，为什么有人要描写一个车夫的事情，这就因为大学教授一向住在高大的洋房里，不明白平民的生活。欧洲的著作家往往是平民出身，（欧洲人虽出身穷苦，而也做文章；这因为他们的文字容易写，中国的文字却不容易写了。）所以也同样地感受到平民的苦痛，当然能痛痛快快写出来为平民说话，因此平民以为知识阶级对于自身是有益的；于是赞成他，到处都欢迎他，但是他们既受此荣誉，地位就增高了，而同时却把平民忘记了，变成一种特别的阶级。那时他们自以为了不得，到阔人家里去宴会，钱也多了，房子东西都要好的，终于与平民远远地离开了。他享受了高贵的生活，就记不起从前一切的贫苦生活了。——所以请诸位不要拍手，拍了手把我的地位一提高，我就要忘记了说话的。他不但不同情于平民或许还要压迫平民，以致变成了平民的敌人，现在贵族阶级不能存在；

贵族的知识阶级当然也不能站住了，这是知识阶级缺点之一。

还有知识阶级不可免避的运命，在革命时代是注重实行的，动的；思想还在其次，直白地说：或者倒有害。至少我个人的意见如此的。唐朝奸臣李林甫有一次看兵操练很勇敢，就有人对着他称赞。他说：“兵好是好，可是无思想，”这话很不差。因为兵之所以勇敢，就在没有思想，要是有了思想，就会没有勇气了。现在倘叫我去当兵，要我去革命，我一定不去，因为明白了利害是非，就难于实行了。有知识的人，讲讲柏拉图（Plato）讲讲苏格拉底（Socrates）是不会有危险的。讲柏拉图可以讲一年，讲苏格拉底可以讲三年，他很可以安安稳稳地活下去，但要他去干危险的事情，那就很费踟蹰。譬如中国人，凡是做文章，总说“有利然而又有弊”，这最足以代表知识阶级的思想。其实无论什么都是有弊的，就是吃饭也是有弊的，它能滋养我们这方面是有利的；但是一方面使我们消化器官疲乏，那就不好而有弊了。假使做事要面面顾到，那就什么事都不能做了。

还有，知识阶级对于别人的行动，往往以为这样也不好，那样也不好。先前俄国皇帝杀革命党，他们反对皇帝；后来革命党杀皇族，他们也起来反对。问他怎么才好呢？他们也没办法。所以在皇帝时代他们吃苦，在革命时代他们也吃苦，这实在是他们本身的缺点。

所以我想，知识阶级能否存在还是个问题。知识和强有力是冲突的，不能并立的；强有力不许人民有自由思想，因为这能使能力分散，在动物界有很显的例；猴子的社会是最专制的，猴王说一声走，猴子都走了。在原始时代酋长的命令是不能反对的，无怀疑的，在那时酋长带领着群众并吞衰小的部落；于是部落渐渐地大了，团体也大了。一个人就不能支配了。因为各个人思想发达了，各人的思想不一，民族的思想就不能统一，于是命令不行，团体的力量减小，而渐趋灭亡。在古时野蛮民族常侵略文明很发达的民族，在历史上常见的。现在知识阶级在国内的弊病，正与古时一样。

英国罗素（Russel）法国罗曼罗兰（R.Rolland）反对欧战，大家以为他们了不起，其实幸而他们的话没有实行，否则，德国早已打进英国和法国了；因为德国如不能同时实行非战，是没有办法的。俄国托尔斯泰（Tolstoi）的无抵抗主义之所以不能实行，也是这个原因。他不主张以恶报恶的，他的意思是皇帝叫我们去当兵，我们不去当兵。叫警察去捉，他不捉；叫刽子手去杀，他不去杀，大家都不听皇帝的命令，他也没有兴趣；

那么做皇帝也无聊起来，天下也就太平了。然而如果一部分的人偏听皇帝的话，那就不行。

我从前也很想做皇帝，后来在北京去看到宫殿的房子都是一个刻板的格式，觉得无聊极了。所以我皇帝也不想做了。做人的趣味在和许多朋友有趣的谈天，热烈的讨论。做了皇帝，口出一声，臣民都下跪，只有不绝声的 Yes，Yes，那有什么趣味？但是还有人做皇帝，因为他和外界隔绝，不知外面还有世界！

总之，思想一自由，能力要减少，民族就站不住，他的自身也站不住了！现在思想自由和生存还有冲突，这是知识阶级本身的缺点。

然而知识阶级将怎么样呢？还是在指挥刀下听令行动，还是发表倾向民众的思想呢？要是发表意见，就要想到什么就说什么。真的知识阶级是不顾利害的，如想到种种利害，就是假的，冒充的知识阶级；只是假知识阶级的寿命倒比较长一点。像今天发表这个主张，明天发表那个意见的人，思想似乎天天在进步；只是真的知识阶级的进步，决不能如此快的。不过他们对于社会永不会满意的，所感受的永远是痛苦，所看到的永远是缺点，他们预备着将来的牺牲，社会也因为有了他们而热闹，不过他的本身——心身方面总是苦痛的；因为这也是旧式社会传下来的遗物。

至于诸君，是与旧的不同，是二十世纪初叶青年，如在劳动大学一方读书，一方做工，这是新的境遇；或许可以造成新的局面，但是环境还是老样子，着着逼人堕落，倘不与这老社会奋斗，还是要回到老路上去的。

譬如从前我在学生时代不吸烟，不吃酒，不打牌，没有一点嗜好；后来当了教员，有人发传单说我抽鸦片。我很气，但并不辩明，为要报复他们，前年我在陕西就真的抽一回鸦片，看他们怎样？此次来上海有人在报纸上说我来开书店；又有人说我每年版税有一万多元。但是我也并不辩明；但曾经自己想，与其负空名，倒不如真的去赚这许多进款。

还有一层，最可怕的情形，就是比较新的思想运动起来时，如与社会无关，作为空谈，那是不要紧的，这也是专制时代所以能容知识阶级存在的原故。因为痛哭流泪与实际是没有关系的，只是思想运动变成实际的社会运动时，那就危险了。往往反为旧势力所扑灭。中国现在也是如此，这现象，革新的人称之为“反动”。我在文艺史上，却找到一个好名词，就是Renaissance，在意大利文艺复兴的意义，是把古时好的东西复活，将现存的坏的东西压倒，因为那时候思想太专制腐败了，在古时代确实有些比较好的；因此后来得到了社会上的信仰。现在中国顽固派的复古，把孔子礼教都拉出来了，但是他们拉出来的是好的么？如果是不好的，就是反动，倒退，以后恐怕是倒退的时代了。

还有，中国人现在胆子格外小了，这是受了共产党的影响。人一听到俄罗斯，一看见红色，就吓得一跳；一听到新思想，一看到俄国的小说，更其害怕，对于较特别的思想，较新思想尤其丧心发抖，总要仔仔细细的想，这有没有变成共产党思想的可能性?！这样的害怕，一动也不敢动，怎样能够有进步呢？这实在是没有力量的表示，比如我们吃东西，吃就吃，若是左思右想，吃牛肉怕不消化，喝茶时又要怀疑，那就不行了，——老年人才是如此；有力量，有自信力的人是不至于此的。虽是西洋文明吧，我们能吸收时，就是西洋文明也变成我们自己的了。好像吃牛肉一样，决不会吃了牛肉自己也即变成牛肉的，要是如此胆小，那真是衰弱的知识阶级了，不衰弱的知识阶级，尚且对于将来的存在不能确定；而衰弱的知识阶级是必定要灭亡的。从前或许有，将来一定不能存在的。

现在比较安全一点的，还有一条路，是不做时评而做艺术家。要为艺术而艺术。住在“象牙之塔”里，目下自然要比别处平安。就我自己来说吧，——有人说我只会讲自己，这是真的。我先前独自住在厦门大学的一所静寂的大洋房里；到了晚上，我总是孤思默想，想到一切，想到世界怎样，人类怎样，我静静地思想时，自己以为很了不得的样子；但是给蚊子一咬，跳了一跳，把世界人类的大问题全然忘了，离不开的还是我本身。

就我自己说起来，是早就有人劝我不要发议论，不要做杂感，你还是创作去吧！因为做了创作在世界史上有名字，做杂感是没有名字的。其实就是我不做杂感，世界史上，还是没有名字的，这得声明一句，是：这些劝我做创作，不要写杂感的人们之中，有几个是别有用意，是被我骂过的。所以要我不再做杂感。但是我不听他，因此在北京终于站不住了，不得不躲到厦门的图书馆上去了。

艺术家住在象牙塔中，固然比较地安全，但可惜还是安全不到底。秦始皇，汉武帝想成仙，终于没有成功而死了。危险的临头虽然可怕，但别的运命说不定，“人生必死”的运命却无法逃避，所以危险也仿佛用不着害怕似的。但我并不想劝青年得到危险，也不劝他人去做牺牲，说为社会死了名望好，高巍巍地镌起铜像来。自己活着的人没有劝别人去死的权利，假使你自己以为死是好的，那么请你自己先去死吧。诸君中恐有钱人不多吧。那么，我们穷人唯一的资本就是生命。以生命来投资，为社会做一点事，总得多赚一点利才好；以生命来做利息小的牺牲，是不值得的。所以我从来不叫人去牺牲，但也不要再爬进象牙之塔和知识阶级里去了，我以为是最稳当的一条路。

至于有班从外国留学回来，自称知识阶级，以为中国没有他们就要灭亡的，却不在我所论之内，像这样的知识阶级，我还不知道是些什么东西?!

今天的说话很没有伦次，望诸君原谅!

一九二七年

文学和出汗

上海的教授对人讲文学，以为文学当描写永远不变的人性，否则便不久长。例如英国，莎士比亚和别的一两个人所写的是永久不变的人性，所以至今流传，其余的不这样，就都消灭了云。

这真是所谓“你不说我倒还明白，你越说我越胡涂”了。英国有许多先前的文章不流传，我想，这是总会有的，但竟没有想到它们的消灭，乃因为不写永久不变的人性。现在既然知道了这一层，却更不解它们既已消灭，现在的教授何从看见，却居然断定它们所写的都不是永久不变的人性了。

只要流传的便是好文学，只要消灭的便是坏文学；抢得天下的便是王，抢不到天下的便是贼。莫非中国式的历史论，也将沟通了中国人的文学论欤?

而且，人性是永久不变的么?

类人猿，类猿人，原人，古人，今人，未来的人，……如果生物真会进化，人性就不能永久不变。不说类猿人，就是原人的脾气，我们大约就很难猜得着的，则我们的脾气，恐怕未来的人也未必会明白。要写永久不变的人性，实在难哪。

譬如出汗吧，我想，似乎于古有之，于今也有，将来一定暂时也还有，该可以算得较为“永久不变的人性”了。然而“弱不禁风”的小姐出的是香汗，“蠢笨如牛”的工人出的是臭汗。不知道倘要做长留世上的文字，要充长留世上的文学家，是描写香汗好呢，还是描写臭汗好？这问题倘不先行解决，则在将来文学史上的位置，委实是“岌岌乎殆哉”。

听说，例如英国，那小说，先前是大抵写给太太小姐们看的，其中自然是香汗多；到十九世纪后半，受了俄国文学的影响，就很有些臭汗气了。那一种的命长，现在似乎还在不可知之数。

在中国，从道士听论道，从批评家听谈文，都令人毛孔痉挛，汗不敢出。然而这也许倒是中国的“永久不变的人性”吧。

一九二七年十二月二十三日

【选自鲁迅著《而已集》北新书店一九二八年版】

流氓的变迁

孔墨都不满于现状，要加以改革，但那第一步，是在说动人主，而那用以压服人主的家伙，则都是“天”。

孔子之徒为儒，墨子之徒为侠。“儒者，柔也”，当然不会危险的。唯侠老实，所以墨者的末流，至于以“死”为终极的目的。到后来，真老实的逐渐死完，止留下取巧的侠，汉的大侠，就已和公侯权贵相馈赠，以备危急时来作护符之用了。

司马迁说：“儒以文乱法，而侠以武犯禁”，“乱”之和“犯”，决不是“叛”，不过闹点小乱子而已，而况有权贵如“侯”者在。

“侠”字渐消，强盗起了，但也是侠之流，他们的旗帜是“替天行道”，他们所反对的是奸臣，不是天子，他们所打劫的是平民，不是将相。李逵劫法场时，抡起板斧来排头砍去，而所砍的是看客。一部《水浒》，说得很分明：因为不反对天子，所以大军一到，便受招安，替国家打别的强盗——不“替天行道”的强盗去了。终于是奴才。

满洲入关，中国渐被压服了，连有“侠气”的人，也不敢再起盗心，不敢指斥奸臣，不敢直接为天子效力，于是跟一个好官员或钦差大臣，给他保镳，替他捕盗，一部《施公案》，也说得很分明，还有《彭公案》《七侠五义》之流，至今没有穷尽。他们出身清白，连先前也并无坏处，虽在钦差之下，究居平民之上，对一方面固然必须听命，对别方面还是大可逞雄，安全之度增多了，奴性也跟着加足。

然而为盗要被官兵所打，捕盗也要被强盗所打，要十分安全的侠客，是觉得都不妥当的，于是有流氓。和尚喝酒他来打，男女通奸他来捉，私娼私贩他来凌辱，为的是维持风化；乡下人不懂租界章程他来欺侮，为的是看不起无知；剪发女人他来嘲骂，社会改革者他来憎恶，为的是宝爱秩序。但后面是传统的靠山，对手又都非浩荡的强敌，他就在其间横行过去。现在的小说，还没有写出这一种典型的书，唯《九尾龟》中的章秋谷，以为他给妓女吃苦，是因为她要敲人们竹杠，所以给以惩罚之类的叙述，约略近之。

由现状再降下去，大概这一流人将成为文艺

书中的主角了，我在等候“革命文学家”张资平“氏”的近作。

一九二九年

【选自鲁迅著《三闲集》北新书店一九三二年版】

习惯与改革

体质和精神都已硬化了的人民，对于极小的一点改革，也无不加以阻挠，表面上好像恐怕于自己不便，其实是恐怕于自己不利，但所设的口实，却往往见得极其公正而且堂皇。

今年的禁用阴历，原也是琐碎的，无关大体的事，但商家当然叫苦连天了。不特此也，连上海的无业游民，公司雇员，竟也常常慨然长叹，或者说这很不便于农家的耕种，或者说这很不便于海船的候潮。他们居然因此念起久不相干的乡下的农夫，海上的舟子来。这真像煞有些博爱。

一到阴历的十二月二十三，爆竹就到处毕毕剥剥。我问一家的店伙："今年仍可以过旧历年，明年一准过新历年么？"那回答是："明年又是明年，要明年再看了。"他并不信明年非过阳历年不可。但日历上，却诚然删掉了阴历，只存节气。然而一面在报章上，则出现了《一百二十年阴阳合历》的广告。好，他们连曾孙玄孙时代的阴历，也已经给准备妥当了，一百二十年！

梁实秋先生们虽然很讨厌多数，但多数的力量是伟大，要紧的，有志于改革者倘不深知民众的心，设法利导，改进，则无论怎样的高文宏议，浪漫古典，都和他们无干，仅止于几个人在书房中互相叹赏，得些自己满足。假如竟有“好人政府”，出令改革乎，不多久，就早被他们拉回旧道上去了。

真实的革命者，自有独到的见解，例如乌略诺夫先生，他是将“风俗”和“习惯”，都包括在“文化”之内的，并且以为改革这些，很为困难。我想，但倘不将这些改革，则这革命即等于无成，如沙上建塔，顷刻倒坏。中国最初的排满革命，所以易得响应者，因为口号是“光复旧物”，就是“复古”，易于取得保守的人民同意的缘故。但到后来，竟没有历史上定例的开国之初的盛世，只枉然失了一条辫子，就很为大家所不满了。

以后较新的改革，就著著失败，改革一两，反动十斤，例如上述的一年日历上不准注阴历，却来了阴阳合历一百二十年。

这种合历，欢迎的人们一定是很多的，因为这是风俗和习惯所拥护，所以也有风俗和习惯的后援。别的事也如此，倘不深入民众的大层中，于他们的风俗习惯，加以研究，解剖，分别好坏，立存废的标准，而于存于废，都慎选施行的方法，则无论怎样的改革，都将为习惯的岩石所压碎，或者只在表面上浮游一些时。

现在已不是在书斋中，捧书本高谈宗教、法律、文艺、美术等等的时候了，即使要谈论这些，也必须先知道习惯和风俗，而且有正视这些的黑暗面的勇猛和毅力。因为倘不看清，就无从改革。仅大叫未来的光明，其实是欺骗怠慢的自己和怠慢的听众的。

一九三〇年

【选自鲁迅著《二心集》合众书店一九三二年版】

宣传与做戏

就是那刚刚说过的日本人，他们做文章论及中国的国民性的时候，内中往往有一条叫作“善于宣传”。看他的说明，这“宣传”两字却又不像是平常的“Propaganda”，而是“对外说谎”的意思。

这宗话，影子是有一点的。譬如吧，教育经费用光了，却还要开几个学堂，装装门面；全国的人们十之九不识字，然而总得请几位博士，使他对西洋人去讲中国的精神文明；至今还是随便拷问，随便杀头，一面却总支撑维持着几个洋式的“模范监狱”，给外国人看看。还有，离前敌很远的将军，他偏要大打电报，说要“为国前驱”。连体操班也不愿意上的学生少爷，他偏要穿上军装，说是“灭此朝食”。

不过，这些究竟还有一点影子；究竟还有几个学堂，几个博士，几个模范监狱，几个通电，几套军装。所以说是“说谎”，是不对的。这就是我之所谓“做戏”。

但这普遍的做戏，却比真的做戏还要坏。真

的做戏，是只有一时；戏子做完戏，也就恢复为平常状态的。杨小楼做《单刀赴会》，梅兰芳做《黛玉葬花》，只有在戏台上的时候是关云长，是林黛玉，下台就成了普通人，所以并没有大弊。倘使他们扮演一回之后，就永远提着青龙偃月刀或锄头，以关老爷，林妹妹自命，怪声怪气，唱来唱去，那就实在只好算是发热昏了。

不幸因为是“天地大戏场”，可以普遍的做戏者，就很难有下台的时候，例如杨缦华女士用自己的天足，踢破小国比利时女人的“中国女人缠足说”，为面子起见，用权术来解围，这还可以说是很该原谅的。但我以为应该这样就拉倒。现在回到寓里，做成文章，这就是进了后台还不肯放下青龙偃月刀；而且又将那文章送到中国的《申报》上来发表，则简直是提着青龙偃月刀一路唱回自己的家里来了。难道作者真已忘记了中国女人曾经缠脚，至今也还有正在缠脚的么？还是以为中国人都已经自己催眠，觉得全国女人都已穿了高跟皮鞋了呢?

这不过是一个例子罢了，相像的还多得很，但恐怕不久天也就要亮了。

一九三〇年

【选自鲁迅著《二心集》合众书店一九三二年版】

今春的两种感想

——十一月二十二日在北平辅仁大学讲

我是上星期到北平的，论理应当带点礼物送给青年诸位，不过因为奔忙匆匆未顾得及，同时也没有什么可带的。

我近来是在上海，上海与北平不同，在上海所感到的，在北平未必感到。今天又没预备什么，就随便谈谈吧。

昨年东北事变详情我一点不知道，想来上海事变诸位一定也不甚了然。就是同在上海也是彼此不知，这里死命的逃死，那里则打牌的仍旧打牌，跳舞的仍旧跳舞。

打起来的时候，我是正在所谓火线里面，亲遇见捉去许多中国青年。捉去了就不见回来，是生是死也没人知道，也没人打听，这种情形是由来已久了，在中国被捉去的青年素来是不知下落的。东北事起，上海有许多抗日团体，有一种团体就有一种徽章。这种徽章，如被日军发现死是很难免的。然而中国青年的记性确是不好，如抗日十人团，一团十人，每人有一个徽章，可是并不一定抗日，不过把它放在袋里。但被捉去后这就是死的证据。还有学生军们，以前是天天练操，不久就无形中不练了，只有军装的照片存在，并且把操衣放在家中，自己也忘却了。然而一被日军查出时是又必定要送命的。像这一般青年被杀，大家大为不平，以为日人太残酷。其实这完全是因为脾气不同的缘故，日人太认真，而中国人却太不认真。中国的事情往往是招牌一挂就算成功了。日本则不然。他们不像中国这样只是作戏似的。日本人一看见有徽章，有操衣的，便以为他们一定是真在抗日的人，当然要认为是劲敌。这样不认真的同认真的碰在一起，倒霉是必然的。

中国实在是太不认真，什么全是一样。文学上所见的常有新主义，以前有所谓民族主义的文学也者，闹得很热闹，可是自从日本兵一来，马上就不见了。我想大概是变成为艺术而艺术了吧。中国的政客，也是今天谈财政，明日谈照相，后天又谈交通，最后又忽然念起佛来了。外国不然。以前欧洲有所谓未来派艺术。未来派的艺术是看不懂的东西。但看不懂也并非一定是看者知识太浅，实在是它根本上就看不懂。文章本来有两种：一种是看得懂的，一种是看不懂的。假若你看不懂就自恨浅薄，那就是上当了。不过人家是不管看懂与不懂的——看不懂如未来派的文学，虽然看不懂，作者却是拼命的，很认真地在那里讲。但是中国就找不出这样例子。

还有感到的一点是我们的眼光不可不放大，但不可放得太大。

我那时看见日本兵不打了，就搬了回去，但忽然又紧张起来了。后来打听才知道是因为中国放鞭炮引起的。那天因为是月蚀，故大家放鞭炮来救她。在日本人意中以为在这样的时光，中国人一定全忙于救中国抑救上海，万想不到中国人却救得那样远，去救月亮去了。

我们常将眼光收得极近，只在自身，或者放得极远，到北极，或到天外，而这两者之间的一圈可是绝不注意的，譬如食物吧，近来馆子里是比较干净了，这是受了外国影响之故，以前不是这样。例如某家烧卖好，包子好，好的确是好，非常好吃，但盘子是极污秽的，去吃的人看不得盘子，只要专注在吃的包子烧卖就是，倘使你要注意到食物之外的一圈，那就非常为难了。

在中国做人，真非这样不成，不然就活不下去。例如倘使你讲个人主义，或者远而至于宇宙哲学，灵魂灭否，那是不要紧的。但一讲社会问题，可就要出毛病了。北平或者还好，如在上海则一讲社会问题，那就非出毛病不可，这是有验的灵药，常常有无数青年被捉去而无下落了。

在文学上也是如此。倘写所谓身边小说，说苦痛呵，穷呵，我爱女人而女人不爱我呵，那是很妥当的，不会出什么乱子。如要一谈及中国社会，谈及压迫与被压迫，那就不成。不过你如果再远一点，说什么巴黎伦敦，再远些，月界，天边，可又没有危险了。但有一层要注意，俄国谈不得。

上海的事又要一年了，大家好似早已忘掉了，打牌的仍旧打牌，跳舞的仍旧跳舞。不过忘只好忘，全记起来恐怕脑中也放不下。倘使只记着这些，其他事也没工夫记起了。不过也可以记一个总纲。如“认真点”“眼光不可不放大但不可放得太大”，就是。这本是两句平常话，但我的确知道了这两句话，是在死了许多性命之后。许多历史的教训，都是用极大的牺牲换来的。譬如吃东西吧，某种是毒物不能吃，我们好像全惯了，很平常了。不过，这一定是以前有多少人吃死了，才知道的。所以我想，第一次吃螃蟹的人是很可佩服的，不是勇士谁敢去吃它呢？螃蟹有人吃，蜘蛛一定也有人吃过，不过不好吃，所以后人不吃了。像这种人我们当极端感谢的。

我希望一般人不要只注意在近身的问题，或

地球以外的问题，社会上实际问题是也要注意些才好。

一九三二年

【选自鲁迅著《集外集拾遗》鲁迅全集出版社一九三九年版】

辱骂和恐吓绝不是战斗

——致《文学月报》编辑的一封信

起应兄：

前天收到《文学月报》第四期，看了一下。我所觉得不足的，并非因为它不及别种杂志的五花八门，乃是总还不能比先前充实。但这回提出了几位新的作家来，是极好的，作品的好坏我且不论，最近几年的刊物上，倘不是姓名曾经排印过了的作家，就很有不能登载的趋势，这么下去，新的作者要没有发表作品的机会了。现在打破了这局面，虽然不过是一种月刊的一期，但究竟也扫去一些沉闷，所以我以为是一种好事情。但是，我对于芸生先生的一篇诗，却非常失望。

这诗，一目了然，是看了前一期的别德纳衣的讽刺诗而作的。然而我们来比一比吧，别德纳衣的诗虽然自认为"恶毒"，但其中最甚的也不过是笑骂。这诗怎么样？有辱骂，有恐吓，还有无聊的攻击：其实是大可以不必作的。

例如吧，开首就是对于姓的开玩笑。一个作者自取的别名，自然可以窥见他的思想，譬如

“铁血”“病鹃”之类，固不妨由此开一点小玩笑。但姓氏籍贯，却不能决定本人的功罪，因为这是从上代传下来的，不能由他自主。我说这话还在四年之前，当时曾有人评我为“封建余孽”，其实是捧住了这样的题材，欣欣然自以为得计者，倒是十分“封建的”的。不过这种风气，近几年颇少见了，不料现在竟又复活起来，这确不能不说是一个退步。

尤其不堪的是结末的辱骂。现在有些作品，往往并非必要而偏在对话里写上许多骂语去，好像以为非此便不是无产者作品，骂詈愈多，就愈是无产者作品似的。其实好的工农之中，并不随口骂人的多得很，作者不应该将上海流氓的行为，涂在他们身上的。即使有喜欢骂人的无产者，也只是一种坏脾气，作者应该由文艺加以纠正，万不可再来展开，使将来的无阶级社会中，一言不合，便祖宗三代的闹得不可开交。况且即是笔战，就也如别的兵战或拳斗一样，不妨伺隙乘虚，以一击制敌人的死命，如果一味鼓噪，已是《三国志演义》式战法，至于骂一句爹娘，扬长而去，还自以为胜利，那简直是“阿Q”式的战法了。

接着又是什么“剖西瓜”之类的恐吓，这也是极不对的，我想。无产者的革命，乃是为了自己的解放和消灭阶级，并非因为要杀人，即使是正面的敌人，倘不死于战场，就有大众的裁判，决不是一个诗人所能提笔判定生死的。现在虽然很有什么“杀人放火”的传闻，但这只是一种诬陷。中国的报纸上看不出实话，然而只要一看别国的例子也就可以恍然，德国的无产阶级革命(虽然没有成功)，并没有乱杀人；俄国不是连皇帝的宫殿都没有烧掉么？而我们的作者，却将革命的工农用笔涂成一个吓人的鬼脸，由我看来，真是卤莽之极了。

自然，中国历来的文坛上，常见的是诬陷，造谣，恐吓，辱骂，翻一翻大部的历史，就往往可以遇见这样的文章，直到现在，还在应用，而且更加厉害。但我想，这一份遗产，还是都让给叭儿狗文艺家去承受吧，我们的作者倘不竭力的抛弃了它，是会和他们成为“一丘之貉”的。

不过我并非主张要对敌人赔笑脸，三鞠躬。我只是说，战斗的作者应该注重于“论争”；倘在诗人，则因为情不可遏而愤怒，而笑骂，自然也无不可。但必须止于嘲笑，止于热骂，而且要“嬉笑怒骂，皆成文章”，使敌人因此受伤或致死，而自己并无卑劣的行为，观者也不以为污秽，这才是战斗的作者的本领。

刚才想到了以上的一些，便写出寄上，也许

于编辑上可供参考。总之，我是极希望此后的《文学月报》上不再有那样的作品的。

专此布达，并问

好。

鲁迅。十二月十日。

一九三二年

【选自鲁迅著《南腔北调集》同文书局一九三四年版】

听　说　梦

做梦，是自由的，说梦，就不自由。做梦，是做真梦的，说梦，就难免说谎。

大年初一，就得到一本《东方杂志》新年特大号，临末有“新年的梦想”，问的是“梦想中的未来中国”和“个人生活”，答的有一百四十多人。记者的苦心，我是明白的，想必以为言论不自由，不如来说梦，而且与其说所谓真话之假，不如来谈谈梦话之真，我高兴地翻了一下，知道记者先生却大大地失败了。

当我还未得到这本特大号之前，就遇到过一位投稿者，他比我先看见印本，自说他的答案已被资本家删改了，他所说的梦其实并不如此。这可见资本家虽然还没法禁止人们做梦，而说了出来，倘为权力所及，却要干涉的，决不给你自由。这一点，已是记者的大失败。

但我们且不去管这改梦案子，只来看写着的梦境吧，诚如记者所说，来答复的几乎全部是智识分子。首先，是谁也觉得生活不安定，其次，是许多人梦想着将来的好社会，“各尽所能”呀，“大同世界”呀，很有些“越轨”气息了（末三句是我添的，记者并没有说）。

但他后来就有点“痴”起来，他不知从哪里拾来了一种学说，将一百多个梦分为两大类，说那些梦想好社会的都是“载道”之梦，是“异端”，正宗的梦应该是“言志”的，硬把“志”弄成一个空洞无物的东西。然而，孔子曰，“盍各言尔志”，而终于赞成曾点者，就因为其“志”合于孔子之“道”的缘故也。

其实是记者的所以为“载道”的梦，那里面少得很。文章是醒着的时候写的，问题又近于“心理测验”，遂致对答者不能不做出各各适宜于目下自己的职业，地位，身份的梦来（已被删改者自然不在此例），即使看去好像怎样“载道”，但为将来的好社会“宣传”的意思，是没有的。所以，虽然梦“大家有饭吃”者有人，梦“无阶级社会”者有人，梦“大同世界”者有人，而很少有人梦见建设这样社会以前的阶级斗争，白色恐怖，轰炸，虐杀，鼻子里灌辣椒水，电刑……倘不梦见这些，好社会是不会来的，无论怎么写得光明，终究是一个梦，空头的梦，说了出来，也无非教人都进这空头的梦境里面去。

然而要实现这“梦”境的人们是有的，他们

不是说，而是做，梦着将来，而致力于达到这一种将来的现在。因为有这事实，这才使许多智识分子不能不说好像“载道”的梦，但其实并非“载道”，乃是给“道”载了一下，倘要简洁，应该说是“道载”的。

为什么会给“道载”呢？曰：为目前和将来的吃饭问题而已。

我们还受着旧思想的束缚，一说到吃，就觉得近乎鄙俗。但我是毫没有轻视对答者诸公的意思的。《东方杂志》记者在《读后感》里，也曾引佛洛伊特的意见，以为“正宗”的梦，是“表现各人的心底的秘密而不带着社会作用的”。但佛洛伊特以被压抑为梦的根柢——人为什么被压抑的呢？这就和社会制度，习惯之类连结了起来，单是做梦不打紧，一说，一问，一分析，可就不妥当了。记者没有想到这一层，于是就一头撞在资本家的朱笔上。但引“压抑说”来释梦，我想，大家必已经不以为忤了吧。

不过，佛洛伊特恐怕是有几文钱，吃得饱饱的吧，所以没有感到吃饭之难，只注意于性欲。有许多人正和他在同一境遇上，就也轰然地拍起手来。诚然，他也告诉过我们，女儿多爱父亲，儿子多爱母亲，即因为异性的缘故。然而婴孩出生不多久，无论男女，就尖起嘴唇，将头转来转去。莫非它想和异性接吻么？不，谁都知道：是要吃东西！

食欲的根柢，实在比性欲还要深，在目下开口爱人，闭口情书，并不以为肉麻的时候，我们也大可以不必讳言要吃饭。因为是醒着做的梦，所以不免有些不真，因为题目究竟是“梦想”，而且如记者先生所说，我们是“物质的需要远过于精神的追求”了，所以乘着 Censors（也引用佛洛伊特语）的监护好像解除了之际，便公开了一部分。其实也是在“梦中贴标语，喊口号”，不过不是积极的罢了，而且有些也许倒和表面的“标语”正相反。

时代是这么变化，饭碗是这样艰难，想想现在和将来，有些人也只能如此说梦，同是小资产阶级（虽然也有人定我为“封建余孽”或“土著资产阶级”，但我自己姑且定为属于这阶级），很能够彼此心照，然而也无须秘而不宣的。

至于另有些梦为隐士，梦为渔樵，和本相全不相同的名人，其实也只是预感饭碗之脆，而却想将吃饭范围扩大起来，从朝廷而至园林，由洋场及于山泽，比上面说过的那些志向要大得远，不过这里不来多说了。

一九三三年一月一日

【选自鲁迅著《南腔北调集》同文书局一九三四年版】

现 代 史

从我有记忆的时候起，直到现在，凡我所曾经到过的地方，在空地上，常常看见有“变把戏”的，也叫作“变戏法”的。

这变戏法的，大概只有两种——

一种，是教一个猴子戴起假面，穿上衣服，耍一通刀枪；骑了羊跑几圈。还有一匹用稀粥养活，已经瘦得皮包骨头的狗熊玩一些把戏。末后是向大家要钱。

一种，是将一块石头放在空盒子里，用手巾左盖右盖，变出一只白鸽来；还有将纸塞在嘴巴里，点上火，从嘴角鼻孔里冒出烟焰。其次是向大家要钱。要了钱之后，一个人嫌少，装腔作势地不肯变了，一个人来劝他，对大家说再五个。果然有人抛钱了，于是再四个，三个……

抛足之后，戏法就又开了场。这回是将一个孩子装进小口的坛子里面去，只见一条小辫子，要他再出来，又要钱。收足之后，不知怎么一来，大人用尖刀将孩子刺死了，盖上被单，直挺挺躺着，要他活过来，又要钱。

“在家靠父母，出家靠朋友……Huazaa! Huazaa!”变戏法的装出撒钱的手势，严肃而悲哀的说。

别的孩子，如果走近去想仔细地看，他是要骂的；再不听，他就会打。

果然有许多人 Huazaa 了。待到数目和预料的差不多，他们就捡起钱来，收拾家伙，死孩子也自己爬起来，一同走掉了。

看客们也就呆头呆脑地走散。

这空地上，暂时是沉寂了。过了些时，就又来这一套。俗语说，“戏法人人会变，各有巧妙不同。”其实是许多年间，总是这一套，也总有人看，总有人 Huazaa，不过其间必须经过沉寂的几日。

我的话说完了，意思也浅得很，不过说大家 Huazaa Huazaa 一通之后，又要静几天了，然后再来这一套。

到这里我才记得写错了题目，这真是成了“不死不活”的东西。

一九三三年四月一日

【选自鲁迅著《伪自由书》青光书局一九三三年版】

推背图

我这里所用的“推背”的意思，是说：从反面来推测未来的情形。

上月的《自由谈》里，就有一篇《正面文章反看法》，这是令人毛骨悚然的文字。因为得到这一个结论的时候，先前一定经过许多苦楚的经验，见过许多可怜的牺牲。本草家提起笔来，写道：砒霜，大毒。字不过四个，但他却确切知道了这东西曾经毒死过若干性命的了。

里巷间有一个笑话：某甲将银子三十两埋在地里面，怕人知道，就在上面竖一块木板，写道：“此地无银三十两。”隔壁的阿二因此却将这掘去了，也怕人发觉，就在木板的那一面添上一句道，“隔壁阿二勿曾偷。”这就是在教人“正面文章反看法”。

但我们日日所见的文章，却不能这么简单。有明说要做，其实不做的；有明说不做，其实要做的；有明说做这样，其实做那样的；有其实自己要这么做，倒说别人要这么做的；有一声不响，而其实倒做了的。然而也有说这样，竟这样的。难就在这地方。

例如近几天报章上记载着的要闻吧：

一，××军在××血战，杀敌××××人。

二，××谈话：决不与日本直接交涉，仍然不改初衷，抵抗到底。

三，芳泽来华，据云系私人事件。

四，共党联日，该伪中央已派干部××赴日接洽。

五，××××……

倘使都当反面文章看，可就太骇人了。但报上也有"莫干山路草棚船百余只大火"，"××××廉价只有四天了"等大概无须"推背"的记载，于是乎我们就又胡涂起来。

听说，《推背图》本是灵验的，某朝某帝怕他淆惑人心，就添了些假造的在里面，因此弄得不能预知了，必待事实证明之后，人们这才恍然大悟。

我们也只好等着看事实，幸而大概是不很久的，总出不了今年。

一九三三年四月二日

【选自鲁迅著《伪自由书》青光书局一九三三年版】

夜　颂

爱夜的人，也不但是孤独者，有闲者，不能战斗者，怕光明者。

人的言行，在白天和在深夜，在日下和在灯前，常常显得两样。夜是造化所织的幽玄的天衣，普覆一切人，使他们温暖，安心，不知不觉的自己渐渐脱去人造的面具和衣裳，赤条条地裹在这无边际的黑絮似的大块里。

虽然是夜，但也有明暗。有微明，有昏暗，有伸手不见掌，有漆黑一团糟。爱夜的人要有听夜的耳朵和看夜的眼睛，自在暗中，看一切暗。君子们从电灯下走入暗室中，伸开了他的懒腰；爱侣们从月光下走进树阴里，突变了他的眼色。夜的降临，抹杀了一切文人学士们当光天化日之下，写在耀眼的白纸上的超然，混然，恍然，勃然，粲然的文章，只剩下乞怜，讨好，撒谎，骗人，吹牛，捣鬼的夜气，形成一个灿烂的金色的光圈，像见于佛画上面似的，笼罩在学识不凡的头脑上。

爱夜的人于是领受了夜所给与的光明。

高跟鞋的摩登女郎在马路边的电光灯下，阁阁地走得很起劲，但鼻尖也闪烁着一点油汗，在证明她是初学的时髦，假如长在明晃晃的照耀中，将使她碰着“没落”的命运。一大排关着的店铺的昏暗助她一臂之力，使她放缓开足的马力，吐一口气，这时才觉得沁人心脾的夜里的拂拂的凉风。

爱夜的人和摩登女郎，于是同时领受了夜所给与的恩惠。

一夜已尽，人们又小心翼翼地起来，出来了；便是夫妇们，面目和五六点钟之前也何其两样。从此就是热闹，喧嚣。而高墙后面，大厦中间，深闺里，黑狱里，客室里，秘密机关里，却依然弥漫着惊人的真的大黑暗。

现在的光天化日，熙来攘往，就是这黑暗的装饰，是人肉酱缸上的金盖，是鬼脸上的雪花膏。只有夜还算是诚实的。我爱夜，在夜间作《夜颂》。

一九三三年六月八日

【选自鲁迅著《准风月谈》兴中书局一九三四年版】

二丑艺术

浙东的有一处的戏班中，有一种脚色叫作“二花脸”，译得雅一点，那么，“二丑”就是。他和小丑的不同，是不扮横行无忌的花花公子，也不扮一味仗势的宰相家丁，他所扮演的是保护公子的拳师，或是趋奉公子的清客。总之：身份比小丑高，而性格却比小丑坏。

义仆是老生扮的，先以谏诤，终以殉主；恶仆是小丑扮的，只会作恶，到底灭亡。而二丑的本领却不同，他有点上等人模样，也懂些琴棋书画，也来得行令猜谜，但倚靠的是权门，凌蔑的是百姓，有谁被压迫了，他就来冷笑几声，畅快一下，有谁被陷害了，他又去吓唬一下，吆喝几声。不过他的态度又并不常常如此的，大抵一面又回过脸来，向台下的看客指出他公子的缺点，摇着头装起鬼脸道：你看这家伙，这回可要倒霉哩！

这最末的一手，是二丑的特色。因为他没有义仆的愚笨，也没有恶仆的简单，他是智识阶级。

他明知道自己所靠的是冰山，一定不能长久，他将来还要到别家帮闲，所以当受着豢养，分着余炎的时候，也得装着和这贵公子并非一伙。

二丑们编出来的戏本上，当然没有这一种角色的，他哪里肯；小丑，即花花公子们编出来的戏本，也不会有，因为他们只看见一面，想不到的。这二花脸，乃是小百姓看透了这一种人，提出精华来，制定了的脚色。

世间只要有权门，一定有恶势力，有恶势力，就一定有二花脸，而且有二花脸艺术。我们只要取一种刊物，看他一个星期，就会发见他忽而怨恨春天，忽而颂扬战争，忽而译萧伯纳演说，忽而讲婚姻问题；但其间一定有时要慷慨激昂地表示对于国事的不满：这就是用出末一手来了。

这最末的一手，一面也在遮掩他并不是帮闲，然而小百姓是明白的，早已使他的类型在戏台上出现了。

一九三三年六月十五日

【选自鲁迅著《准风月谈》兴中书局一九三四年版】

沙

近来的读书人，常常叹中国人好像一盘散沙，无法可想，将倒霉的责任，归之于大家。其实这是冤枉了大部分中国人的。小民虽然不学，见事也许不明，但知道关于本身利害时，何尝不会团结。先前有跪香，民变，造反；现在也还有请愿之类。他们的像沙，是被统治者“治”成功的，用文言来说，就是“治绩”。

那么，中国就没有沙么？有是有的，但并非小民，而是大小统治者。

人们又常常说：“升官发财。”其实这两件事是不并列的，其所以要升官，只因为要发财，升官不过是一种发财的门径。所以官僚虽然依靠朝廷，却并不忠于朝廷，吏役虽然依靠衙署，却并不爱护衙署，头领下一个清廉的命令，小喽啰是决不听的，对付的方法有“蒙蔽”。他们都是自私自利的沙，可以肥己时就肥己，而且每一粒都是皇帝，可以称尊处就称尊。有些人译俄皇为“沙皇”，移赠此辈，倒是极确切的尊号。财何从来？

是从小民身上刮下来的。小民倘能团结，发财就烦难，那么，当然应该想尽方法，使他们变成散沙才好。以沙皇治小民，于是全中国就成为“一盘散沙”了。

然而沙漠以外，还有团结的人们在，他们“如入无人之境”的走进来了。

这就是沙漠上的大事变。当这时候，古人曾有两句极切贴的比喻，叫作“君子为猿鹤，小人为虫沙”。那些君子们，不是像白鹤的腾空，就如猢狲的上树，“树倒猢狲散”，另外还有树，他们决不会吃苦。剩在地下的，便是小民的蝼蚁和泥沙，要践踏杀戮都可以，他们对沙皇尚且不敌，怎能敌得过沙皇的胜者呢？

然而当这时候，偏又有人摇笔鼓舌，向着小民提出严重的质问道：“国民将何以自处”呢，“问国民将何以善其后”呢？忽然记得了“国民”，别的什么都不说，只又要他们来填亏空，不是等于向着缚了手脚的人，要求他去捕盗么？

但这正是沙皇治绩的后盾，是猿鸣鹤唳的尾声，称尊肥己之余，必然到来的末一着。

一九三三年七月十二日

【选自鲁迅著《南腔北调集》同文书局一九三四年版】

帮闲法发隐

吉开迦尔是丹麦的忧郁的人，他的作品，总是带着悲愤。不过其中也有很有趣味的，我看见了这样的几句——

“戏场里失了火。丑角站在戏台前，来通知了看客。大家以为这是丑角的笑话，喝彩了。丑角又通知说是火灾。但大家越加哄笑，喝彩了。我想，人世是要完结在当作笑话的开心的人们的大家欢迎之中的吧。”

不过我的所以觉得有趣的，并不专在本文，是在由此想到了帮闲们的伎俩。帮闲，在忙的时候就是帮忙，倘若主子忙于行凶作恶，那自然也就是帮凶。但他的帮法，是在血案中而没有血迹，也没有血腥气的。

譬如吧，有一件事，是要紧的，大家原也觉得要紧，他就以丑角身份而出现了，将这件事变为滑稽，或者特别张扬了不关紧要之点，将人们的注意拉开去，这就是所谓“打诨”。如果是杀人，他就来讲当场的情形，侦探的努力；死的是女人呢，那就更好了，名之曰“艳尸”，或介绍她的日记。如果是暗杀，他就来讲死者的生前的故事，恋爱呀，遗闻呀……人们的热情原不是永不弛缓的，但加上些冷水，或者美其名曰清茶，自然就冷得更加迅速了，而这位打诨的角色，却变成了文学者。

假如有一个人，认真地在告警，于凶手当然是有害的，只要大家还没有僵死。但这时他就又以丑角身份而出现了，仍用打诨，从旁装着鬼脸，使告警者在大家的眼里也化为丑角，使他的警告在大家的耳边都化为笑话。耸肩装穷，以表现对方之阔，卑躬叹气，以暗示对方之傲；使大家心里想：这告警者原来都是虚伪的。幸而帮闲们还多是男人，否则它简直会说告警者曾经怎样调戏它，当众罗列淫辞，然后作自杀以明耻之状也说不定。周围捣着鬼，无论如何严肃的说法也要减少力量的，而不利于凶手的事情却就在这疑心和笑声中完结了。它呢？这回它倒是道德家。

当没有这样的事件时，那就七日一报，十日一谈，收罗废料，装进读者的脑子里去，看过一年半载，就满脑都是某阔人如何摸牌，某明星如何打嚏的典故。开心是自然也开心的。但是，人世却也要完结在这些欢迎开心的开心的人们之中的吧。

一九三三年八月二十八日

【选自鲁迅著《准风月谈》兴中书局一九三四年版】

由聋而哑

医生告诉我们：有许多哑子，是并非喉舌不能说话的，只因为从小就耳朵聋，听不见大人的言语，无可师法，就以为谁也不过张着口呜呜哑哑，他自然也只好呜呜哑哑了。所以勃兰兑斯叹丹麦文学的衰微时，曾经说：文学的创作，几乎完全死灭了。人间的或社会的无论怎样的问题，都不能提起感兴，或则除在新闻和杂志之外，绝不能惹起一点论争。我们看不见强烈的独创的创作。加以对于获得外国的精神生活的事，现在几乎绝对地不加顾及。于是精神上的“聋”，那结果，就也招致了“哑”来。（《十九世纪文学的主潮》第一卷自序）

这几句话，也可以移来批评中国的文艺界，这现象，并不能全归罪于压迫者的压迫，五四运动时代的启蒙运动者和以后的反对者，都应该分负责任的。前者急于事功，竟没有译出什么有价值的书籍来，后者则故意迁怒，至骂翻译者为媒婆，有些青年更推波助澜，有一时期，还至于连人地名下注一原文，以便读者参考时，也就诋之曰“衒学”。

今竟何如？三开间店面的书铺，四马路上还不算少，但那里面满架是薄薄的小本子，倘要寻一部巨册，真如披沙拣金之难。自然，生得又高又胖并不就是伟人，做得多而且繁也决不就是名著，而况还有“剪贴”。但是，小小的一本“什么ABC”里，却也决不能包罗一切学术文艺的。一道浊流，固然不如一杯清水的干净而澄明，但蒸馏了浊流的一部分，却就有许多杯净水在。

因为多年买空卖空的结果，文界就荒凉了，文章的形式虽然比较地整齐起来，但战斗的精神却较前有退无进。文人虽因捐班或互捧，很快地成名，但为了出力地吹，壳子大了，里面反显得更加空洞。于是误认这空虚为寂寞，像煞有介事的说给读者们；其甚者还至于摆出他心的腐烂来，算是一种内面的宝贝。散文，在文苑中算是成功的，但试看今年的选本，便是前三名，也即令人有“貂不足，狗尾续”之感。用秕谷来养青年，是决不会壮大的，将来的成就，且要更渺小，那模样，可看尼采所描写的“末人”。

但绍介国外思潮，翻译世界名作，凡是运输精神的粮食的航路，现在几乎都被聋哑的制造者们堵塞了，连洋人走狗，富户赘郎，也会来哼哼地冷笑一下。他们要掩住青年的耳朵，使之由聋而哑，枯涸渺小，成为“末人”，非弄到大家只能看富家儿和小瘪三所卖的春宫，不肯罢手。甘为泥土的作者和译者的奋斗，是已经到了万不可缓的时候了，这就是竭力运输些切实的精神的粮食，放在青年们的周围，一面将那些聋哑的制造者送回黑洞和朱门里面去。

一九三三年八月二十九日

【选自鲁迅著《准风月谈》兴中书局一九三四年版】

世故三昧

人世间真是难处的地方，说一个人“不通世故”，固然不是好话，但说他“深于世故”也不是好话。“世故”似乎也像“革命之不可不革，而亦不可太革”一样，不可不通，而亦不可太通的。

然而据我的经验，得到“深于世故”的恶谥者，却还是因为“不通世故”的缘故。

现在我假设以这样的话，来劝导青年人——

“如果你遇见社会上有不平事，万不可挺身而出，讲公道话，否则，事情倒会移到你头上来，甚至于会被指作反动分子的。如果你遇见有人被冤枉，被诬陷的，即使明知道他是好人，也万不可挺身而出，去给他解释或分辩，否则，你就会被人说是他的亲戚，或得了他的贿赂；倘使那是女人，就要被疑为她的情人的；如果他较有名，那便是党羽。例如我自己吧，给一个毫不相干的女士做了一篇信札集的序，人们就说她是我的小姨；绍介一点科学的文艺理论，人们就说得了苏联的卢布。亲戚和金钱，在目下的中国，关系也真是大，事实给与了教训，人们看惯了，以为人人都脱不了这关系，原也无足深怪的。

“然而，有些人其实也并不真相信，只是说着玩玩，有趣有趣的。即使有人为了谣言，弄得凌迟碎剐，像明末的郑鄤那样了，和自己也并不相干，总不如有趣的紧要。这时你如果去辨正，那就是使大家扫兴，结果还是你自己倒霉。我也有一个经验，那是十多年前，我在教育部里做‘官僚’，常听得同事说，某女学校的学生，是可以叫出来嫖的，连机关的地址门牌，也说得明明白白。有一回我偶然走过这条街，一个人对于坏事情，是记性好一点的，我记起来了，便留心着那门牌，但这一号，却是一块小空地，有一口大井，一间很破烂的小屋，是几个山东人住着卖水的地方，决计做不了别用。待到他们又在谈着这事的时候，我便说出我的所见来，而不料大家竟笑容尽敛，不欢而散了，此后不和我谈天者两三月。我事后才悟到打断了他们的兴致，是不应该的。

“所以，你最好是莫问是非曲直，一味附和着大家；但更好是不开口；而在更好之上的是连脸上也不显出心里的是非的模样来……”

这是处世法的精义，只要黄河不流到脚下，炸弹不落在身边，可以保管一世没有挫折的。但我恐怕青年人未必以我的话为然；便是中年，老年人，也许要以为我是在教坏了他们的子弟。呜呼，那么，一片苦心，竟是白费了。

然而倘说中国现在正如唐虞盛世，却又未免是“世故”之谈。耳闻目睹的不算，单是看看报章，也就可以知道社会上有多少不平，人们有多少冤抑。但对于这些事，除了有时或有同业，同乡，同族的人们来说几句呼吁的话之外，利害无关的人的义愤的声音，我们是很少听到的。这很分明，是大家不开口；或者以为和自己不相干；或者连“以为和自己不相干”的意思也全没有。“世故”深到不自觉其“深于世故”，这才真是“深于世故”的了。这是中国处世法的精义中的精义。

而且，对于看了我的劝导青年人的话，心以为非的人物，我还有一下反攻在这里。他是以我为狡猾的。但是，我的话里，一面固然显示着我的狡猾，而且无能，但一面也显示着社会的黑暗。他单责个人，正是最稳妥的办法，倘使兼责社会，可就得站出去战斗了。责人的“深于世故”而避开了“世”不谈，这是更“深于世故”的玩艺，倘若自己不觉得，那就更深更深了，离三昧境盖不远矣。

不过凡事一说，既落言筌，不再能得三昧。

说“世故三昧”者，即非“世故三昧”。三昧真谛，在行而不言；我现在一说“行而不言”，却又失了真谛，离三昧境盖益远矣。

一切善知识，心知其意可也，唵！

一九三三年十月十三日

【选自鲁迅著《南腔北调集》同文书局一九三四年版】

拿来主义

中国一向是所谓“闭关主义”，自己不去，别人也不许来。自从给枪炮打破了大门之后，又碰了一串钉子，到现在，成了什么都是“送去主义”了。别的且不说吧，单是学艺上的东西，近来就先送一批古董到巴黎去展览，但终“不知后事如何”；还有几位“大师”们捧着几张古画和新画，在欧洲各国一路的挂过去，叫作“发扬国光”。听说不远还要送梅兰芳博士到苏联去，以催进“象征主义”，此后是顺便到欧洲传道。我在这里不想讨论梅博士演艺和象征主义的关系，总之，活人替代了古董，我敢说，也可以算得显出一点进步了。

但我们没有人根据了“礼尚往来”的仪节，说道：拿来！

当然，能够只是送出去，也不算坏事情，一者见得丰富，二者见得大度。尼采就自诩过他是太阳，光热无穷，只是给与，不想取得。然而尼采究竟不是太阳，他发了疯。中国也不是，虽然有人说，掘起地下的煤来，就足够全世界几百年之用，但是，几百年之后呢？几百年之后，我们当然是化为魂灵，或上天堂，或落了地狱，但我们的子孙是在的，所以还应该给他们留下一点礼品。要不然，则当佳节大典之际，他们拿不出东西来，只好磕头贺喜，讨一点残羹冷炙做奖赏。

这种奖赏，不要误解为“抛来”的东西，这是“抛给”的，说得冠冕些，可以称之为“送来”，我在这里不想举出实例。

我在这里也并不想对于“送去”再说什么，否则太不“摩登”了。我只想鼓吹我们再吝啬一点，“送去”之外，还得“拿来”，是为“拿来主义”。

但我们被“送来”的东西吓怕了。先有英国的鸦片，德国的废枪炮，后有法国的香粉，美国的电影，日本的印着“完全国货”的各种小东西。于是连清醒的青年们，也对于洋货发生了恐怖。其实，这正是因为那是“送来”的，而不是“拿来”的缘故。

所以我们要运用脑髓，放出眼光，自己来拿！

譬如吧，我们之中的一个穷青年，因为祖上的阴功（姑且让我这么说说吧），得了一所大宅子，且不问他是骗来的，抢来的，或合法继承的，或是做了女婿换来的。那么，怎么办呢？我想，首先是不管三七二十一，“拿来”！但是，如果反对这宅子的旧主人，怕给他的东西染污了，徘徊不敢走进门，是孱头；勃然大怒，放一把火烧光，算是保存自己的清白，则是昏蛋。不过因为原是羡慕这宅子的旧主人的，而这回接受一切，欣欣然地蹩进卧室，大吸剩下的鸦片，那当然更是废物。“拿来主义”者是全不这样的。

他占有，挑选。看见鱼翅，并不就抛在路上以显其“平民化”，只要有养料，也和朋友们像萝卜白菜一样的吃掉，只不用它来宴大宾；看见鸦片，也不当众摔在茅厕里，以见其彻底革命，只送到药房里去，以供治病之用，却不弄“出售存膏，售完即止”的玄虚。只有烟枪和烟灯，虽然形式和印度，波斯，阿拉伯的烟具都不同，确可以算是一种国粹，倘使背着周游世界，一定会有人看，但我想，除了送一点进博物馆之外，其余的是大可以毁掉的了。还有一群姨太太，也大以请她们各自走散为是，要不然，“拿来主义”怕未免有些危机。

总之，我们要拿来。我们要或使用，或存放，或毁灭。那么，主人是新主人，宅子也就会成为新宅子。然而首先要这人沉着，勇猛，有辨别，不自私。没有拿来的，人不能自成为新人，没有拿来的，文艺不能自成为新文艺。

一九三四年六月四日

【选自鲁迅著《且介亭杂文》三闲书屋一九三六年版】

趋时与复古

半农先生一去世，也如朱湘庐隐两位作家一样，很使有些刊物热闹了一番。这情形，会延得多么长久呢，现在也无从推测。但这一死，作用却好像比那两位大得多：他已经快要被封为复古的先贤，可用他的神主来打“趋时”的人们了。

这一打是有力的，因为他既是作古的名人，又是先前的新党，以新打新，就如以毒攻毒，胜于搬出生锈的古董来。然而笑话也就埋伏在这里面。为什么呢？就为了半农先生先就是一位以“趋时”而出名的人。

古之青年，心目中有了刘半农三个字，原因并不在他擅长音韵学，或是常做打油诗，是在他跳出鸳蝴派，骂倒王敬轩，为一个“文学革命”阵中的战斗者。然而那时有一部分人，却毁之为“趋时”。时代到底好像有些前进，光阴流过去，渐渐将这谥号洗掉了，自己爬上了一点，也就随和一些，于是终于成为干干净净的名人。但是，“人怕出名猪怕壮”，他这时也要成为包起来作为医治新的“趋时”病的药料了。

这并不是半农先生独个的苦境，旧例着实有。广东举人多得很，为什么康有为独独那么有名呢，因为他是公车上书的头儿，戊戌政变的主角，趋时；留英学生也不稀罕，严复的姓名还没有消失，就在他先前认真地译过好几部鬼子书，趋时；清末，治朴学的不止太炎先生一个人，而他的声名，远在孙诒让之上者，其实是为了他提倡种族革命，趋时，而且还“造反”。后来“时”也“趋”了过来，他们就成为活的纯正的先贤。但是，晦气也夹屁股跟到，康有为永定为复辟的祖师，袁皇帝要严复劝进，孙传芳大帅也来请太炎先生投壶了。原是拉车前进的好身手，腿肚大，臂膊也粗，这回还是请他拉，拉还是拉，然而是拉车屁股向后，这里只好用古文，“呜呼哀哉，尚飨”了。

我并不在讥刺半农先生曾经“趋时”，我这里所用的是普通所谓“趋时”中的一部分：“前驱”的意思。他虽然自认“没落”，其实是战斗过来的，只要敬爱他的人，多发挥这一点，不要七手八脚，专门把他拖进自己所喜欢的油或泥里去做金字招牌就好了。

一九三四年八月十三日

【选自鲁迅著《花边文学》联华书局一九三六年版】

中国人失掉自信力了吗

从公开的文字上看起来：两年以前，我们总自夸着“地大物博”，是事实；不久就不再自夸了，只希望着国联，也是事实；现在是既不夸自己，也不信国联，改为一味求神拜佛，怀古伤今了——却也是事实。

于是有人慨叹曰：中国人失掉自信力了。

如果单据这一点现象而论，自信其实是早就失掉了的。先前信“地”，信“物”，后来信“国联”，都没有相信过“自己”。假使这也算一种“信”，那也只能说中国人曾经有过“他信力”，自从对国联失望之后，便把这他信力都失掉了。

失掉了他信力，就会疑，一个转身，也许能够只相信了自己，倒是一条新生路，但不幸的是逐渐玄虚起来了。信“地”和“物”，还是切实的东西，国联就渺茫，不过这还可以令人不久就省悟到依赖它的不可靠。一到求神拜佛，可就玄虚之至了，有益或是有害，一时就找不出分明的结果来，它可以令人更长久地麻醉着自己。

中国人现在是在发展着“自欺力”。

“自欺”也并非现在的新东西，现在只不过日见其明显，笼罩了一切罢了。然而，在这笼罩之下，我们有并不失掉自信力的中国人在。

我们从古以来，就有埋头苦干的人，有拼命硬干的人，有为民请命的人，有舍身求法的人，……虽是等于为帝王将相作家谱的所谓“正史”，也往往掩不住他们的光耀，这就是中国的脊梁。

这一类的人们，就是现在也何尝少呢？他们有确信，不自欺；他们在前仆后继的战斗，不过一面总在被摧残，被抹杀，消灭于黑暗中，不能为大家所知道罢了。说中国人失掉了自信力，用以指一部分人则可，倘若加于全体，那简直是诬蔑。

要论中国人，必须不被搽在表面的自欺欺人的脂粉所诓骗，却看看他的筋骨和脊梁。自信力的有无，状元宰相的文章是不足为据的，要自己去看地底下。

一九三四年九月二十五日

【选自鲁迅著《且介亭杂文》三闲书屋一九三六年版】

说“面子”

“面子”，是我们在谈话里常常听到的，因为好像一听就懂，所以细想的人大约不很多。

但近来从外国人的嘴里，有时也听到这两个音，他们似乎在研究。他们以为这一件事情，很不容易懂，然而是中国精神的纲领，只要抓住这个，就像二十四年前的拔住了辫子一样，全身都跟着走动了。相传前清时候，洋人到总理衙门去要求利益，一通威吓，吓得大官们满口答应，但临走时，却被从边门送出去。不给他走正门，就是他没有面子；他既然没有了面子，自然就是中国有了面子，也就是占了上风了。这是不是事实，我断不定，但这故事，“中外人士”中是颇有些人知道的。

因此，我颇疑心他们想专将“面子”给我们。

但“面子”究竟是怎么一回事呢？不想还好，一想可就觉得胡涂。它像是很有好几种的，每一种身价，就有一种“面子”，也就是所谓“脸”。这“脸”有一条界线，如果落到这线的下面去了，即失了面子，也叫作“丢脸”。不怕“丢脸”，便是“不要脸”。但倘使做了超出这线以上的事，就“有面子”，或曰“露脸”。而“丢脸”之道，则因人而不同，例如车夫坐在路边赤膊捉虱子，并不算什么，富家姑爷坐在路边赤膊捉虱子，才成为“丢脸”。但车夫也并非没有“脸”，不过这时不算“丢”，要给老婆踢了一脚，就躺倒哭起来，这才成为他的“丢脸”。这一条“丢脸”律，是也适用于上等人的。这样看来，“丢脸”的机会，似乎上等人比较的多，但也不一定，例如车夫偷一个钱袋，被人发见，是失了面子的，而上等人大捞一批金珠珍玩，却仿佛也不见得怎样“丢脸”，况且还有“出洋考察”，是改头换面的良方。

谁都要“面子”，当然也可以说是好事情，但“面子”这东西，却实在有些怪。九月三十日的《申报》就告诉我们一条新闻：沪西有业木匠大包作头之罗立鸿，为其母出殡，邀开“贳器店之王树宝夫妇帮忙，因来宾众多，所备白衣，不敷分配，其时适有名王道才，绰号三喜子，亦到来送殡，争穿白衣不遂，以为有失体面，心中怀恨，……邀集徒党数十人，各执铁棍，据说尚有持手枪者多人，将王树宝家人乱打，一时双方有剧烈之战争，头破血流，多人受有重伤。……”白衣是亲族有服者所穿的，现在必须“争穿”而又“不遂”，足见并非亲族，但竟以为“有失体面”，演成这样的大战了。这时候，好像只要和普通有些不同便是“有面子”，而自己成了什么，却可以完全不管。这类脾气，是“绅商”也不免发露的：袁世凯将要称帝的时候，有人以列名于劝进表中为“有面子”；有一国从青岛撤兵的时候，有人以列名于万民伞上为“有面子”。

所以，要“面子”也可以说并不一定是好事情——但我并非说，人应该“不要脸”。现在说话难，如果主张“非孝”，就有人会说你在煽动打父母，主张男女平等，就有人会说你在提倡乱交——这声明是万不可少的。

况且，“要面子”和“不要脸”实在也可以有很难分辨的时候。不是有一个笑话么？一个绅士有钱有势，我假定他叫四大人吧，人们都以能够和他攀谈为荣。有一个专爱夸耀的小瘪三，一天高兴地告诉别人道：“四大人和我讲过话了！”人问他“说什么呢？”答道：“我站在他门口，四大人出来了，对我说：滚开去！”当然，这是笑话，是形容这人的“不要脸”，但在他本人，是以为“有面子”的，如此的人一多，也就真成为“有面子”了。别的许多人，不是四大人连“滚开去”也不对他说么？

在上海，“吃外国火腿”虽然还不是“有面

子”，却也不算怎么“丢脸”了，然而比起被一个本国的下等人所踢来，又仿佛近于“有面子”。

中国人要“面子”，是好的，可惜的是这“面子”是“圆机活法”，善于变化，于是就和“不要脸”混起来了。长谷川如是闲说“盗泉”云：“古之君子，恶其名而不饮，今之君子，改其名而饮之。”也说穿了“今之君子”的“面子”的秘密。

一九三四年十月四日

【选自鲁迅著《且介亭杂文》三闲书屋一九三六年版】

骂杀与捧杀

现在有些不满于文学批评的，总说近几年的所谓批评，不外乎捧与骂。

其实所谓捧与骂者，不过是将称赞与攻击，换了两个不好看的字眼。指英雄为英雄，说娼妇是娼妇，表面上虽像捧与骂，实则说得刚刚合适，不能责备批评家的。批评家的错处，是在乱骂与乱捧，例如说英雄是娼妇，举娼妇为英雄。

批评的失了威力，由于“乱”，甚而至于“乱”到和事实相反，这底细一被大家看出，那效果有时也就相反了。所以现在被骂杀的少，被捧杀的却多。

人古而事近的，就是袁中郎。这一班明末的作家，在文学史上，是自有他们的价值和地位的。而不幸被一群学者们捧了出来，颂扬，标点，印刷，“色借，日月借，烛借，青黄借，眼色无常。声借，钟鼓借，枯竹窍借……”“借”得他一塌胡涂，正如在中郎脸上，画上花脸，却指给大家看，啧啧赞叹道：“看哪，这多么‘性灵’呀!”对于中郎的本质，自然是并无关系的，但在未经别人将花脸洗清之前，这“中郎”总不免招人好笑，大触其霉头。

人近而事古的，我记起了泰戈尔。他到中国来了，开坛讲演，人给他摆出一张琴，烧上一炉香，左有林长民，右有徐志摩，各各头戴印度帽。徐诗人开始绍介了：“唵！叽哩咕噜，白云清风，银磬……当!”说得他好像活神仙一样，于是我们的地上的青年们失望，离开了。神仙和凡人，怎能不离开呢？但我今年看见他论苏联的文章，自己声明道：“我是一个英国治下的印度人。”他自己知道得明明白白。大约他到中国来的时候，决不至于还糊涂，如果我们的诗人诸公不将他制成一个活神仙，青年们对于他是不至于如此隔膜的。现在可是老大的晦气。

以学者或诗人的招牌，来批评或介绍一个作者，开初是很能够蒙混旁人的，但待到旁人看清了这作者的真相的时候，却只剩了他自己的不诚恳，或学识的不够了。然而如果没有旁人来指明真相呢，这作家就从此被捧杀，不知道要多少年后才翻身。

一九三四年十一月十九日

【选自鲁迅著《花边文学》联华书局一九三六年版】

捣鬼心传

中国人又很有些喜欢奇形怪状，鬼鬼祟祟的脾气，爱看古树发光比大麦开花的多，其实大麦开花他向来也没有看见过。于是怪胎畸形，就成为报章的好数据，替代了生物学的常识的位置了。最近在广告上所见的，有像所谓两头蛇似的两头四手的胎儿，还有从小肚上生出一只脚来的三脚汉子。固然，人有怪胎，也有畸形，然而造化的本领是有限的，他无论怎么怪，怎么畸，总有一个限制：孪儿可以连背，连腹，连臀，连胁，或竟骈头，却不会将头生在屁股上；形可以骈拇，枝指，缺肢，多乳，却不会两脚之外添出一只脚来，好像"买两送一"的买卖。天实在不及人之能捣鬼。

但是，人的捣鬼，虽胜于天，而实际上本领也有限。因为捣鬼精义，在切忌发挥，亦即必须含蓄。盖一加发挥，能使所捣之鬼分明，同时也生限制，故不如含蓄之深远，而影响却又因而模糊了。"有一利必有一弊"，我之所谓"有限"者以此。

清朝人的笔记里，常说罗两峰的《鬼趣图》，真写得鬼气拂拂；后来那图由文明书局印出来了，却不过一个奇瘦，一个矮胖，一个臃肿的模样，并不见得怎样的出奇，还不如只看笔记有趣。小说上的描摹鬼相，虽然竭力，也都不足以惊人，我觉得最可怕的还是晋人所记的脸无五官，浑沦如鸡蛋的山中厉鬼。因为五官不过是五官，纵使苦心经营，要它凶恶，总也逃不出五官的范围，现在使它浑沦得莫名其妙，读者也就怕得莫名其妙了。然而其“弊”也，是印象的模糊。不过较之写些“青面獠牙”“口鼻流血”的笨伯，自然聪明得远。

中华民国人的宣布罪状大抵是十条，然而结果大抵是无效。古来尽多坏人，十条不过如此，想引人的注意以至活动是决不会的。骆宾王作《讨武曌檄》，那“入宫见嫉，蛾眉不肯让人，掩袖工谗，狐媚偏能惑主”这几句，恐怕是很费点心机的了，但相传武后看到这里，不过微微一笑。是的，如此而已，又怎么样呢？声罪致讨的明文，那力量往往远不如交头接耳的密语，因为一是分明，一是莫测的。我想假使当时骆宾王站在大众之前，只是攒眉摇头，连称“坏极坏极”，却不说出其所谓坏的实例，恐怕那效力会在文章之上的吧。“狂飙文豪”高长虹攻击我时，说道劣迹多端，倘一发表，便即身败名裂，而终于并不发表，是深得捣鬼正脉的；但也竟无大效者，则与广泛俱来的“模糊”之弊为之也。

明白了这两例，便知道治国平天下之法，在告诉大家以有法，而不可明白切实地说出何法来。因为一说出，即有言，一有言，便可与行相对照，所以不如示之以不测。不测的威棱使人萎伤，不测的妙法使人希望——饥荒时生病，打仗时作诗，虽若与治国平天下不相干，但在莫明其妙中，却能令人疑为跟着自有治国平天下的妙法在——然而其“弊”也，却还是照例地也能在模糊中疑心到所谓妙法，其实不过是毫无方法而已。

捣鬼有术，也有效，然而有限，所以以此成大事者，古来无有。

一九三四年十一月二十二日

【选自鲁迅著《南腔北调集》同文书局一九三四年版】

从帮忙到扯淡

“帮闲文学”曾经算是一个恶毒的贬辞，——但其实是误解的。

《诗经》是后来的一部经，但春秋时代，其中的有几篇就用之于侑酒；屈原是“楚辞”的开山老祖，而他的《离骚》，却只是不得帮忙的不平。到得宋玉，就现有的作品看起来，他已经毫无不平，是一位纯粹的清客了。然而《诗经》是经，也是伟大的文学作品；屈原宋玉，在文学史上还是重要的作家。为什么呢？——就因为他究竟有文采。

中国的开国的雄主，是把“帮忙”和“帮闲”分开来的，前者参与国家大事，作为重臣，后者却不过叫他献诗作赋，“俳优蓄之”，只在弄臣之例。不满于后者的待遇的是司马相如，他常常称病，不到武帝面前去献殷勤，却暗暗地作了关于封禅的文章，藏在家里，以见他也有计画大典——帮忙的本领，可惜等到大家知道的时候，他已经“寿终正寝”了。然而虽然并未实际上参与封禅的大典，司马相如在文学史上也还是很重要的作家。为什么呢？就因为他究竟有文采。

但到文雅的庸主时，“帮忙”和“帮闲”的可就混起来了，所谓国家的柱石，也常是柔媚的词臣，我们在南朝的几个末代时，可以找出这实例。然而主虽然“庸”，却不“陋”，所以那些帮闲者，文采却究竟还有的，他们的作品，有些也至今不灭。

谁说“帮闲文学”是一个恶毒的贬辞呢？

就是权门的清客，他也得会下几盘棋，写一笔字，画画儿，识古董，懂得些猜拳行令，打趣插科，这才能不失其为清客。也就是说，清客，还要有清客的本领的，虽然是有骨气者所不屑为，却又非搭空架者所能企及。例如李渔的《一家言》，袁枚的《随园诗话》，就不是每个帮闲都做得出来的。必须有帮闲之志，又有帮闲之才，这才是真正的帮闲。如果有其志而无其才，乱点古书，重抄笑话，吹拍名士，拉扯趣闻，而居然不顾脸皮，大摆架子，反自以为得意，——自然也还有人以为有趣，——但按其实，却不过“扯淡”而已。

帮闲的盛世是帮忙，到末代就只剩了这扯淡。

一九三五年六月六日

【选自鲁迅著《且介亭杂文二集》三闲书屋一九三七年版】

名人和名言

《太白》二卷七期上有一篇南山先生的《保守文言的第三道策》，他举出：第一道是说“要做白话由于文言做不通”，第二道是说“要白话做好，先须文言弄通”。十年之后，才来了太炎先生的第三道，“他以为你们说文言难，白话更难。理由是现在的口头语，有许多是古语，非深通小学就不知道现在口头语的某音，就是古代的某音，不知道就是古代的某字，就要写错。……”

太炎先生的话是极不错的。现在的口头语，并非一朝一夕，从天而降的语言，里面当然有许多是古语，既有古语，当然会有许多曾见于古书，如果做白话的人，要每字都到《说文解字》里去找本字，那的确比做任用借字的文言要难到不知多少倍。然而自从提倡白话以来，主张者却没有一个以为写白话的主旨，是在从“小学”里寻出本字来的，我们就用约定俗成的借字。诚然，如太炎先生说：“乍见熟人而相寒暄曰‘好呀’，‘呀’即‘乎’字；应人之称曰‘是唉’，‘唉’即

'也'字。"但我们即使知道了这两字，也不用"好乎"或"是也"，还是用"好呀"或"是唉"。因为白话是写给现代的人们看，并非写给商周秦汉的鬼看的，起古人于地下，看了不懂，我们也毫不畏缩。所以太炎先生的第三道策，其实是文不对题的。这缘故，是因为先生把他所专长的小学，用得范围太广了。

我们的知识很有限，谁都愿意听听名人的指点，但这时就来了一个问题：听博识家的话好，还是听专门家的话好呢？解答似乎很容易：都好。自然都好；但我由历听了两家的种种指点以后，却觉得必须有相当的警戒。因为是：博识家的话多浅，专门家的话多悖的。

博识家的话多浅，意义自明，唯专门家的话多悖的事，还得加一点申说。他们的悖，未必悖在讲述他们的专门，是悖在倚专家之名，来论他所专门以外的事。社会上崇敬名人，于是以为名人的话就是名言，却忘记了他之所以得名是那一种学问或事业。名人被崇奉所诱惑，也忘记了自己之所以得名是哪一种学问或事业，渐以为一切无不胜人，无所不谈，于是乎就悖起来了。其实，专门家除了他的专长之外，许多见识是往往不及博识家或常识者的。太炎先生是革命的先觉，小学的大师，倘谈文献，讲《说文》，当然娓娓可听，但一到攻击现在的白话，便牛头不对马嘴，即其一例。还有江亢虎博士，是先前以讲社会主义出名的名人，他的社会主义到底怎么样呢，我不知道。只是今年忘其所以，谈到小学，说“‘德’之古字为‘悳’，从‘直’从‘心’，‘直’即直觉之意”，却真不知道悖到那里去了，他竟连那上半并不是曲直的直字这一点都不明白。这种解释，却须听太炎先生了。

不过在社会上，大概总以为名人的话就是名言，既是名人，也就无所不通，无所不晓。所以译一本欧洲史，就请英国话说得漂亮的名人校阅，编一本经济学，又乞古文做得好的名人题签；学界的名人绍介医生，说他“术擅岐黄”，商界的名人称赞画家，说他“精研六法”。……

这也是一种现在的通病。德国的细胞病理学家维尔晓（Virchow），是医学界的泰斗，举国皆知的名人，在医学史上的位置，是极为重要的，然而他不相信进化论，他那被教徒所利用的几回讲演，据赫克尔（Haeckel）说，很给了大众不少坏影响。因为他学问很深，名甚大，于是自视甚高，以为他所不解的，此后也无人能解，又不深研进化论，便一口归功于上帝了。现在中国屡经绍介的法国昆虫学大家法布耳（Fabre），也颇有这倾向。他的著作还有两种缺点：一是嗤笑解剖学家，二是用人类道德于昆虫界。但倘无解剖，就不能有他那样精到的观察，因为观察的基础，也还是解剖学；农学者根据对于人类的利害，分昆虫为益虫和害虫，是有理可说的，但凭了当时的人类的道德和法律，定昆虫为善虫或坏虫，却是多余了。有些严正的科学者，对于法布耳的有微词，实也并非无故。但倘若对这两点先加警戒，那么，他的大著作《昆虫记》十卷，读起来也还是一部很有趣，也很有益的书。

不过名人的流毒，在中国却较为厉害，这还是科举的余波。那时候，儒生在私塾里揣摩高头讲章，和天下国家何涉，但一登第，真是“一举成名天下知”，他可以修史，可以衡文，可以临民，可以治河；到清朝之末，更可以办学校，开煤矿，练新军，造战舰，条陈新政，出洋考察了。成绩如何呢，不待我多说。

这病根至今还没有除，一成名人，便有“满天飞”之概。我想，自此以后，我们是应该将“名人的话”和“名言”分开来的，名人的话并不都是名言；许多名言，倒出自田夫野老之口。这也就是说，我们应该分别名人之所以名，是由于哪一门，而对于他的专门以外的纵谈，却加以警戒。苏州的学子是聪明的，他们请太炎先生讲国学，却不请他讲簿记学或步兵操典，——可惜人们却又不肯想得更细一点了。

我很自歉这回时时涉及了太炎先生。但“智者千虑，必有一失”，这大约也无伤于先生的“日月之明”的。至于我的所说，可是我想，“愚者千虑，必有一得”，盖亦“悬诸日月而不刊”之论也。

一九三五七月一日

【选自鲁迅著《且介亭杂文二集》三闲书屋一九三七年版】

拿破仑与隋那

我认识一个医生，忙地，但也常受病家的攻击，有一回，自解自叹道：要得称赞，最好是杀人，你把拿破仑和隋那（Edward Jener，1749—1823）去比比看……

我想，这是真的。拿破仑的战绩，和我们什么相干呢，我们却总敬服他的英雄。甚而至于自己的祖宗做了蒙古人的奴隶，我们却还恭维成吉思；从现在的卐字眼睛看来，黄人已经是劣种了，我们却还夸耀希特拉。

因为他们二个，都是杀人不眨眼的大灾星。

但我们看看自己的臂膊，大抵总有几个疤，这就是种过牛痘的痕迹，是使我们脱离了天花的危症的。自从有这种牛痘法以来，在世界上真不知救活了多少孩子，——虽然有些人大起来也还是去给英雄们做炮灰，但我们有谁记得这发明者隋那的名字呢？

杀人者在毁坏世界，救人者在修补它，而炮灰资格的诸公，却总在恭维杀人者。

这看法倘不改变，我想，世界是还要毁坏，人们也还要吃苦的。

一九三五年十一月六日

【选自鲁迅著《且介亭杂文》三闲书屋一九三六年版】

死

当印造凯绥·珂勒惠支（Kaethe Kollwitz）所作版画的选集时，曾请史沫德黎（A.Smedley）女士作一篇序。自以为这请得非常合适，因为她们俩原极熟识的。不久做来了，又逼着茅盾先生译出，现已登在选集上。其中有这样的文字：

“许多年来，凯绥·珂勒惠支——她从没有一次利用过赠授给她的头衔——作了大量的画稿，速写，铅笔作的和钢笔作的速写，木刻，铜刻。把这些来研究，就表示着有二大主题支配着，她早年的主题是反抗，而晚年的是母爱，母性的保障，救济，以及死。而笼罩于她所有的作品之上的，是受难的，悲剧的，以及保护被压迫者深切热情的意识。

“有一次我问她：‘从前你用反抗的主题，但是现在你好像很有点抛不开死这观念。这是为什么呢？’用了深有所苦的语调，她回答道，‘也许因为我是一天一天老了！……’”

我那时看到这里，就想了一想。算起来：她

用“死”来做画材的时候，是一九一〇年顷；这时她不过四十三四岁。我今年这“想了一想”，当然和年纪有关，但回忆十余年前，对于死却还没有感到这么深切。大约我们的生死久已被人们随意处置，认为无足重轻，所以自己也看得随随便便，不像欧洲人那样的认真了。有些外国人说，中国人最怕死。这其实是不确的，——但自然，每不免模模糊糊的死掉则有之。

大家所相信的死后的状态，更助成了对于死的随便。谁都知道，我们中国人是相信有鬼（近时或谓之“灵魂”）的，既有鬼，则死掉之后，虽然已不是人，却还不失为鬼，总还不算是一无所有。不过设想中的做鬼的久暂，却因其人的生前的贫富而不同。穷人们是大抵以为死后就去轮回的，根源出于佛教。佛教所说的轮回，当然手续繁重，并不这么简单，但穷人往往无学，所以不明白。这就是使死罪犯人绑赴法场时，大叫“二十年后又是一条好汉”，面无惧色的原因。况且相传鬼的衣服，是和临终时一样的，穷人无好衣裳，做了鬼也决不怎么体面，实在远不如立刻投胎，化为赤条条的婴儿的上算。我们曾见谁家生了小孩，胎里就穿着叫化子或是游泳家的衣服的么？从来没有。这就好，从新来过。也许有人要问，既然相信轮回，那就说不定来生会堕入更穷苦的景况，或者简直是畜生道，更加可怕了。但我看他们是并不这样想的，他们确信自己并未造出该入畜生道的罪孽，他们从来没有能堕畜生道的地位，权势和金钱。

然而有着地位，权势和金钱的人，却又并不觉得该堕畜生道；他们倒一面化为居士，准备成佛，一面自然也主张读经复古，兼做圣贤。他们像活着时候的超出人理一样，自以为死后也超出了轮回的。至于小有金钱的人，则虽然也不觉得该受轮回，但此外也别无雄才大略，只预备安心做鬼。所以年纪一到五十上下，就给自己寻葬地，合寿材，又烧纸锭，先在冥中存储，生下子孙，每年可吃羹饭。这实在比做人还享福。假使我现在已经是鬼，在阳间又有好子孙，那么，又何必零星卖稿，或向北新书局去算账呢，只要很闲适地躺在楠木或阴沉木的棺材里，逢年逢节，就自有一桌盛馔和一堆国币摆在眼前了，岂不快哉！

就大体而言，除极富贵者和冥律无关外，大抵穷人利于立即投胎，小康者利于长久做鬼。小康者的甘心做鬼，是因为鬼的生活（这两字大有语病，但我想不出适当的名词来），就是他还未过厌的人的生活的连续。阴间当然也有主宰者，而且极其严厉，公平，但对于他独独颇肯通融，也会收点礼物，恰如人间的好官一样。

有一批人是随随便便，就是临终也恐怕不大

想到的，我向来正是这随便党里的一个。三十年前学医的时候，曾经研究过灵魂的有无，结果是不知道；又研究过死亡是否苦痛，结果是不一律，后来也不再深究，忘记了。近十年中，有时也为了朋友的死，写点文章，不过好像并不想到自己。这两年来病特别多，一病也比较的长久，这才往往记起了年龄，自然，一面也为了有些作者们笔下的好意的或是恶意的不断地提示。

从去年起，每当病后休养，躺在藤躺椅上，每不免想到体力恢复后应该动手的事情：做什么文章，翻译或印行什么书籍。想定之后，就结束道：就是这样吧——但要赶快做。这"要赶快做"的想头，是为先前所没有的，就因为在不知不觉中，记得了自己的年龄。却从来没有直接地想到"死"。

直到今年的大病，这才分明地引起关于死的预想来。原先是仍如每次的生病一样，一任着日本的S医师的诊治的。他虽不是肺病专家，然而年纪大，经验多，从习医的时期说，是我的前辈，又极熟识，肯说话。自然，医师对于病人，纵使怎样熟识，说话还是有限度的，但是他至少已经给了我两三回警告，不过我仍然不以为意，也没有转告别人。大约实在是日子太久，病象太险了的缘故吧，几个朋友暗自协商定局，请了美国的D医师来诊察了。他是在上海的唯一的欧洲的肺病专家，经过打诊，听诊之后，虽然誉我为最能抵抗疾病的典型的中国人，然而也宣告了我的就要灭亡；并且说，倘是欧洲人，则在五年前已经死掉。这判决使善感的朋友们下泪。我也没有请他开方，因为我想，他的医学从欧洲学来，一定没有学过给死了五年的病人开方的法子。然而D医师的诊断却实在是极准确的，后来我照了一张用X光透视的胸相，所见的景象，竟大抵和他的诊断相同。

我并不怎么介意于他的宣告，但也受了些影响，日夜躺着，无力谈话，无力看书。连报纸也拿不动，又未曾炼到“心如古井”，就只好想，而从此竟有时要想到“死”了。不过所想的也并非“二十年后又是一条好汉”，或者怎样久住在楠木棺材里之类，而是临终之前的琐事。在这时候，我才确信，我是到底相信人死无鬼的。我只想到过写遗嘱，以为我倘曾贵为宫保，富有千万，儿子和女婿及其他一定早已逼我写好遗嘱了，现在却谁也不提起。但是，我也留下一张吧。当时好像很想定了一些，都是写给亲属的，其中有的是：

一、不得因为丧事，收受任何人的一文钱。——但老朋友的，不在此例。

二、赶快收敛，埋掉，拉倒。

三、不要做任何关于纪念的事情。

四、忘记我，管自己生活。——倘不，那就

真是糊涂虫。

五、孩子长大，倘无才能，可寻点小事情过活，万不可去做空头文学家或美术家。

六、别人应许给你的事物，不可当真。

七、损着别人的牙眼，却反对报复，主张宽容的人，万勿和他接近。

此外自然还有，现在忘记了。只还记得在发热时，又曾想到欧洲人临死时，往往有一种礼仪，是请别人宽恕，自己也宽恕了别人。我的怨敌可谓多矣，倘有新式的人问起我来，怎么回答呢？我想了一想，决定的是：让他们怨恨去，我也一个都不宽恕。

但这仪式并未举行，遗嘱也没有写，不过默默地躺着，有时还发生更切迫的思想：原来这样就算是在死下去，倒也并不苦痛；但是，临终的一刹那，也许并不这样的吧；然而，一世只有一次，无论怎样，总是受得了的……。后来，却有了转机，好起来了。到现在，我想，这些大约并不是真的要死之前的情形，真的要死，是连这些想头也未必有的，但究竟如何，我也不知道。

一九三六年九月五日

【选自鲁迅著《且介亭杂文末编》三闲书屋一九三七年版】